U0079906

SLS

中国語だけで
日本語が上手く話せる

日文法入門 中文就行啦

上原小百合、吳冠儀 合著

山田社

前言 Preface

學日語文法，您老是一翻開課本就陷入昏睡，
老是龜速匍匐前進嗎？

新米學習者，這裡好康到相報！
我們把死板的文法，當一塊一塊巧克力磚塊，
輕鬆切一塊、吃一塊！

學日語，也可以很幸福的喔！現在，我們用「機能色塊」、「中日逐字對照字意」、「中文拼音」等等，用中文概念讓您理解日語思維，把複雜的文法變得一目瞭然，把死板的文法當一塊一塊的巧克力磚塊，輕輕鬆鬆切一塊、吃一塊，完全不費力。讓學文法就是這麼舒服開心，處處有驚喜。

本書有讓您讚不絕口六大特色：

第一讚：由簡到深的課程安排，入門超輕鬆！
第二讚：解說超親民，想對日文法說「我懂你」！
第三讚：例句逐字對照中、日文，一看就明白！
第四讚：機能色塊學習法，文法意難忘！
第五讚：附加中文拚音及羅馬拚音，揪甘心！
第六讚：每個例句都有日文跟中文對照發音，超級棒！

另外，書中的日文例句、單字跟中文翻譯，都有日籍老師跟專業中文老師配音，無論想站著聽、坐著聽、趴著聽、躺著聽，怎麼聽都行！本書保證讓您讚不絕口，按幾個讚都嫌不夠！

目錄
Contents

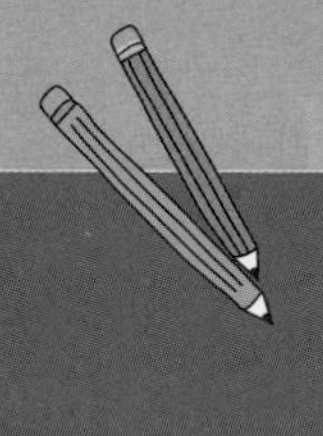

PART1 日語基礎

STEP   日本文字

為什麼說我們有學日語的優勢呢？首先，日本漢字是由中國傳入的，再加上歷史背景的關係，許多老一輩的台灣人都會說日語！當然，還有這一、二十年一波波的哈日風潮等等，都深深地影響到我們的語言跟生活文化。也因為這樣，到日本旅遊看到招牌或告示，一個個最具親切感的漢字，讓沒學過日語的人，即使用猜的，也都能猜個八九不離十！

另外，大家都說學日語要先背「50 音」，也就是「清音表」。但眼尖的讀者只要仔細算一下，就會發現清音只有45個（驚喜）！原來，現在 50 音表，已刪去了重複的假名，還有現代日語不使用的假名啦！

STEP 2 五十音表

清音表

	あ（ア）段	い（イ）段	う（ウ）段	え（エ）段	お（オ）段
あ（ア）行	あ（ア）a	い（イ）i	う（ウ）u	え（エ）e	お（オ）o
か（カ）行	か（カ）ka	き（キ）ki	く（ク）ku	け（ケ）ke	こ（コ）ko
さ（サ）行	さ（サ）sa	し（シ）shi	す（ス）su	せ（セ）se	そ（ソ）so
た（タ）行	た（タ）ta	ち（チ）chi	つ（ツ）tsu	て（テ）te	と（ト）to
な（ナ）行	な（ナ）na	に（ニ）ni	ぬ（ヌ）nu	ね（ネ）ne	の（ノ）no
は（ハ）行	は（ハ）ha	ひ（ヒ）hi	ふ（フ）fu	へ（ヘ）he	ほ（ホ）ho
ま（マ）行	ま（マ）ma	み（ミ）mi	む（ム）mu	め（メ）me	も（モ）mo
や（ヤ）行	や（ヤ）ya		ゆ（ユ）yu		よ（ヨ）yo
ら（ラ）行	ら（ラ）ra	り（リ）ri	る（ル）ru	れ（レ）re	ろ（ロ）ro
わ（ワ）行	わ（ワ）wa				を（ヲ）o
					ん（ン）n

濁音／半濁音表

	あ（ア）段	い（イ）段	う（ウ）段	え（エ）段	お（オ）段
が（ガ）行	が（ガ）ga	ぎ（ギ）gi	ぐ（グ）gu	げ（ゲ）ge	ご（ゴ）go
ざ（ザ）行	ざ（ザ）za	じ（ジ）ji	ず（ズ）zu	ぜ（ゼ）ze	ぞ（ゾ）zo
だ（ダ）行	だ（ダ）da	ぢ（ヂ）ji	づ（ヅ）zu	で（デ）de	ど（ド）do
ば（バ）行	ば（バ）ba	び（ビ）bi	ぶ（ブ）bu	べ（ベ）be	ぼ（ボ）bo

ぱ（パ）行	ぱ（パ）pa	ぴ（ピ）pi	ぷ（プ）pu	ぺ（ペ）pe	ぽ（ポ）po

拗音表

きゃ（キャ）kya	きゅ（キュ）kyu	きょ（キョ）kyo
ぎゃ（ギャ）gya	ぎゅ（ギュ）gyu	ぎょ（ギョ）gyo
しゃ（シャ）sha	しゅ（シュ）shu	しょ（ショ）sho
じゃ（ジャ）ja	じゅ（ジュ）ju	じょ（ジョ）jo
ちゃ（チャ）cha	ちゅ（チュ）chu	ちょ（チョ）cho
ぢゃ（ヂャ）ja	ぢゅ（ヂュ）ju	ぢょ（ヂョ）jo
にゃ（ニャ）nya	にゅ（ニュ）nyu	にょ（ニョ）nyo
ひゃ（ヒャ）hya	ひゅ（ヒュ）hyu	ひょ（ヒョ）hyo
びゃ（ビャ）bya	びゅ（ビュ）byu	びょ（ビョ）byo
ぴゃ（ピャ）pya	ぴゅ（ピュ）pyu	ぴょ（ピョ）pyo
みゃ（ミャ）mya	みゅ（ミュ）myu	みょ（ミョ）myo
りゃ（リャ）rya	りゅ（リュ）ryu	りょ（リョ）ryo

STEP 3 日本文字怎麼構成的

現代日語主要由漢字、平假名和片假名所構成的。據研究，日本漢字最早是在一世紀左右從中國傳入。日本在引進漢字以前，一直沒有自己的文字，只有發音。當時日本人可是費盡心思，把漢字變成自己的文字喔！

不過，漢字筆畫繁多，為了方便起見，日本學者利用中國漢字造了日語的字母。這樣，「日語字母—假名」便誕生囉！那麼，究竟日文假名是怎麼由漢字演變而來呢？讓我們繼續看下去。

❶ 平假名

「平假名」是來自於中國漢字的草書，一般表記的是日本原有的字彙及為漢字標音。

安	→	あ
以	→	い
宇	→	う
衣	→	え
於	→	お

❷ 片假名

「片假名」是取自中國漢字楷書的一部分（一片）造成的字母，一般表記外來語及擬聲擬態。

阿	→	ア
伊	→	イ
宇	→	ウ
江	→	エ
於	→	オ

STEP 4 日語單字怎麼很面熟

剛開始學新語言的時候，必須靠單字、文法不斷的累積，才能加以運用。這樣，背單字自然就成為每個語言學習者必經的道路。但是，相信有許多人都很頭痛「單字怎麼樣都背不起來」、「想到單字就一個頭兩個大」。請別緊張，前面已經說過了，日語對我們來講，其實已經深入我們的文化了。

❶ 用這些字，跟日本人筆談都能通。

日文漢字	唸法	英文拼音	中文翻譯
日本	にっほん	ni.hho.n	日本
中国	ちゅうごく	chu.u.go.ku	中國
山	やま	ya.ma	山
河	かわ	ka.wa	河川

再講明白一點，下面的成語，也沒問題。

日文漢字	唸法	英文拼音	中文翻譯
単刀直入	たんとうちょくにゅう	ta.n.to.o.cho.ku.nyu.u	直接了當
自力更生	じりきこうせい	ji.ri.ki.ko.o.se.e	自食其力
一字千金	いちじせんきん	i.chi.ji.se.n.ki.n	價值極高

❷ 在日常生活中，身邊的許多小東西，都是中文裡有的。

日文漢字	假名	英文拼音	中文翻譯
帽子	ぼうし	bo.o.shi	帽子
扇子	せんす	se.n.su	扇子
豆腐	とうふ	to.o.fu	豆腐
煎餅	せんべい	se.n.be.e	煎餅

❸ 日本人超愛古語，這在國文課都上過啦！

日文漢字	假名	英文拼音	中文翻譯
言う	いう	i.u	說
行く	いく	i.ku	去
犬	いぬ	i.nu	狗
口	くち	ku.chi	嘴

❹ 同形異義字，一樣逃不出古語的手掌心，一猜就透。

日文漢字	假名	英文拼音	中文翻譯
結束	けっそく	ke.sso.ku	團結
勉強	べんきょう	be.n.kyo.o	學習
小心	しょうしん	sho.o.shi.n	膽小
放心	ほうしん	ho.o.shi.n	發呆
清楚	せいそ	se.e.so	清秀
丈夫	じょうぶ	jo.o.bu	堅固

❺ 清末民初，歐美新思潮的單字經由日本漢字學者翻譯成日語單字，中文直接引用的單字，這些您也都會啦！

日文漢字	假名	英文拼音	中文翻譯
政府	せいふ	se.e.fu	政府
経済	けいざい	ke.e.za.i	經濟
景気	けいき	ke.e.ki	景氣
法律	ほうりつ	ho.o.ri.tsu	法律
民主	みんしゅ	mi.n.shu	民主
自由	じゆう	ji.yu.u	自由

❻ 哈日風一波波興起，流行在年輕人跟傳播媒體的單字，您最熟悉不過了。

日文漢字	假名	英文拼音	中文翻譯
人氣	にんき	ni.n.ki	受歡迎程度
職場	しょくば	sho.ku.ba	工作場所
素人	しろうと	shi.ro.u.to	門外漢
素顔	すがお	su.ga.o	未施脂粉
痴漢	ちかん	chi.ka.n	色狼
達人	たつじん	ta.tsu.ji.n	專家
福袋	ふくぶくろ	fu.ku.bu.ku.ro	百寶袋

❼ 直接音譯過來的，您是不是也常用呢？

直譯語	日語	英文拼音	中文翻譯
卡哇伊	かわいい	ka.wa.i.i	可愛
甘巴茶	がんばって	ga.n.ba.tte	加油
歐伊西	おいしい	o.i.shi.i	好吃
一級棒	いちばん	i.chi.ba.n	很棒
柏青哥	ぱちんこ	pa.chi.n.ko	彈珠台遊戲
歐巴桑	おばさん	o.ba.sa.n	大嬸
運將	うんちゃん	u.n.cha.n	司機

❽ 從英語等西方語言直接音譯過來的外來語，真的讓我們撿到便宜了。

片假名	英文拼音	中文翻譯	英文原文
カメラ	ka.me.ra	相機	camera
テニス	te.ni.su	網球	tenis
テスト	te.su.to	考試	test
トイレ	to.i.re	廁所	toilet
バス	ba.su	公車	bus
ペン	pe.n	原子筆	pen

⑨ 跟我們一樣，日語單字也是利用漢字的特定發音，組成另一個字。

將日文的「大学／だいがく／ da.i.ga.ku（大學）」跟「先生／せんせい／ se.n.se.i（老師）」這兩個字，各取出第二個字組合起來，就是「学生／がくせい／ ga.ku.se.i（＜大＞學生）」個單字。

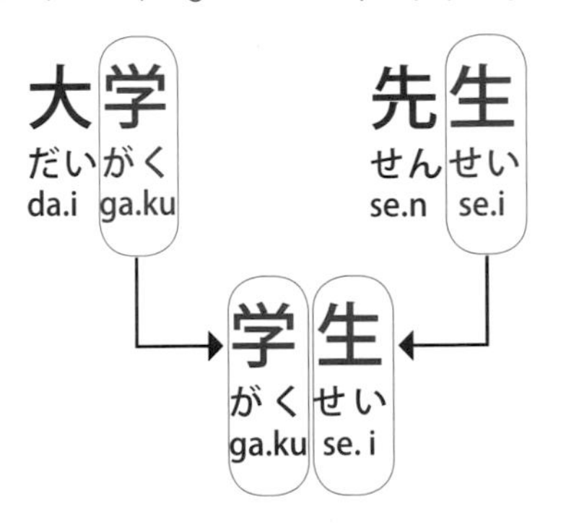

Ⓠ 好啦！現在拿出信心，請試著唸出下面的單字，猜猜這些日語單字的意思吧。

日文	唸法	中文意思
かばん	ka.ba.n	
でんわ	de.n.wa	
としょかん	to.sho.ka.n	
パン	pa.n	
ビール	bi.i.ru	
ホテル	ho.te.ru	
りょうり	ryo.o.ri	
りんご	ri.n.go	

（答案在次頁）

Ⓐ 下面是中文意思，您是不是都猜對了呢？

日文	唸法	日文字	中文意思
かばん	ka.ba.n	鞄	包包
でんわ	de.n.wa	電話	電話
としょかん	to.sho.ka.n	図書館	圖書館
パン	pa.n	パン	麵包
ビール	bi.i.ru	ビール	啤酒
ホテル	ho.te.ru	ホテル	旅館
りょうり	ryo.o.ri	料理	料理
りんご	ri.n.go	リンゴ	蘋果

PART2 日語入門

STEP 1

日語跟中文不一樣的地方

日語的特色之一，就是語順跟中文不一樣。日語的基本語順是「SOV」。相信大家都看過日劇，甚至有從經典作品《101次求婚》一直追隨到《半澤直樹》、《Hero2》的日劇迷。現在就讓我們來造一句：「我喜歡電視劇。」，來比較一下日語跟中文的語順不一樣的地方。

學習重點

- ◉ 語順跟中文不一樣
- ◉ 日語有助詞
- ◉ 分體言跟用言
- ◉ 會變化的用言

先記住這些單字吧！

CD 01

日文	唸法	中譯
□ ドラマ	都.拉.媽 do.ra.ma	電視劇
□ 好（す）き	酥.克伊 su.ki	喜歡
□ 映画（えいが）	耶.～.嘎 e.e.ga	電影
□ 見（み）ます	咪.媽.酥 mi.ma.su	看
□ ご飯（はん）	勾.哈.恩 go.ha.n	飯
□ 食（た）べます	它.貝.媽.酥 ta.be.ma.su	吃
□ ～たい	它.伊 ta.i	想…
□ ～てください	貼.枯.答.沙.伊 te.ku.da.sa.i	請…

語順跟中文不一樣

CD 02

中文句子的排列順序主要是「主詞＋動詞＋受詞」。但是，日語的動詞一般會在句子的最後面，排列順序主要是「主詞＋受詞＋動詞」。

語順比較

中文語順：主詞＋動詞＋受詞

日語語順：主詞＋受詞＋動詞

我喜歡電視劇。

	我	X	電視劇	X	喜歡
	wa.ta.shi	wa	do.ra.ma	ga	su.ki.de.su
例	私（わたし）	は	ドラマ	が	好（す）きです。
	哇．它．西	哇	都．拉．媽	嘎	酥．克伊．爹．酥

我看電影。

	我	X	電影	X	看
	wa.ta.shi	wa	e.e.ga	o	mi.ma.su
例	私（わたし）	は	映画（えいが）	を	見（み）ます。
	哇．它．西	哇	耶．～．嘎	歐	咪．媽．酥

日語有助詞

日語的主詞跟受詞後面通常會接助詞，但中文並不需要助詞。主詞如上面例句的「私 [wa.ta.shi]」，受詞如上面例句的「ドラマ [do.ra.ma]、映画 [e.e.ga]」。助詞在 STEP5 ～ STEP7 有詳細介紹喔！

會變化的用言

日語分體言跟用言，體言是指可以當主語，不會產生活用變化的詞彙，例如：名詞、代名詞。體言可以單獨存在；用言是指可以當述語，語尾會因為意義而產生活用變化的詞彙，例如：動詞、形容詞、助動詞。

分體言跟用言

體言	名詞（如「ご飯（はん）[go.ha.n]／飯）、代名詞（如「私（わたし）[wa.ta.shi]」／我）
用言	動詞（如「食（た）べる[ta.be.ru]」／吃）、形容詞（如「かわいい[ka.wa.i.i]」／可愛的）、形容動詞（如「有名（ゆうめい）[yu.u.me.e]」／有名）

★主語：指在句中，被當作主角的人或事物，也就是被敘述的對象。例如，「我吃飯」的「我」，就是這句話的主語。
★述語：指在句中，對主語所發生的事情，作說明、描寫的部分。例如，「我吃飯」的「吃飯」，就是這句話的述語。

現在形：

我吃飯。

我	X	飯	X	吃
wa.ta.shi	wa	go.ha.n	o	ta.be.ma.su
私（わたし）	は	ご飯（はん）	を	食（た）べます。
哇.它.西	哇	勾.哈.恩	歐	它.貝.媽.酥

例：私（わたし）はご飯（はん）を食（た）べます。

過去形：

我吃過飯了。

我	X	飯	X	吃過了
wa.ta.shi	wa	go.ha.n	o	ta.be.ma.shi.ta
私（わたし）	は	ご飯（はん）	を	食（た）べました
哇.它.西	哇	勾.哈.恩	歐	它.貝.媽.西.它

例 私（わたし）はご飯（はん）を食（た）べました。

希望形：

我想吃飯。

我	X	飯	X	想吃
wa.ta.shi	wa	go.ha.n	o	ta.be.ta.i.de.su
私（わたし）	は	ご飯（はん）	を	食（た）べたいです
哇.它.西	哇	勾.哈.恩	歐	它.貝.它.伊.爹.酥

例 私（わたし）はご飯（はん）を食（た）べたいです。

請託形：

請吃飯。

飯	X	吃	請
go.ha.n	o	ta.be.te	ku.da.sa.i
ご飯（はん）	を	食（た）べて	ください
勾.哈.恩	歐	它.貝.貼	枯.答.沙.伊

例 ご飯（はん）を食（た）べてください。

Practice 練習　句子被打散了，請在（　）內排出正確的順序。

1. 看電影。

見(み)ます＝看；映画(えいが)＝電影；を＝X

→（　　　　　　　　　　　　　　　　）。

2. 喜歡電視劇。

好(す)きです＝喜歡；が＝X；ドラマ＝電視劇

→（　　　　　　　　　　　　　　　　）。

3. 吃過飯了。

食(た)べました＝吃過了；を＝X；ご飯(はん)＝飯

→（　　　　　　　　　　　　　　　　）。

4. 請吃飯。

を＝X；ご飯(はん)＝飯；食(た)べてください＝請吃

→（　　　　　　　　　　　　　　　　）。

5. 想吃飯。

食(た)べたいです＝想吃；ご飯(はん)＝飯；を＝X

→（　　　　　　　　　　　　　　　　）。

Answer 答案

1. 映画(えいが)を見(み)ます
2. ドラマが好(す)きです
3. ご飯(はん)を食(た)べました
4. ご飯(はん)を食(た)べてください
5. ご飯(はん)を食(た)べたいです

STEP 2 「是＋名詞」直述句

直述句「名詞＋です [de.su]」（是＋名詞）超實用的，只要是陳述事實，對事物表示肯定的說法，都可以用這個萬用句型喔！

學習重點

◉ ～です [de.su] ＝是…
◉ ～では（じゃ）ありません [de.wa.(ja.)a.ri.ma.se.n] ＝不是…
◉ 人名＋さん [sa.n]
◉ 國名＋人 [ji.n]

先記住這些單字吧！

CD 04

日文	唸法	中譯
□ 昼（ひる）	喝伊．魯 hi.ru	中午
□ 朝（あさ）	阿．沙 a.sa	早上
□ 夜（よる）	悠．魯 yo.ru	晚上
□ 先生（せんせい）	誰．恩．誰．～ se.n.se.e	老師
□ 学生（がくせい）	嘎．枯．誰．～ ga.ku.se.e	學生
□ 台湾人（たいわんじん）	它．伊．哇．恩．基．恩 ta.i.wa.n.ji.n	台灣人
□ 日本人（にほんじん）	尼．后．恩．基．恩 ni.ho.n.ji.n	日本人
□ 夏（なつ）	那．豬 na.tsu	夏天
□ 春（はる）	哈．魯 ha.ru	春天
□ 冬（ふゆ）	夫．尤 fu.yu	冬天
□ 秋（あき）	阿．克伊 a.ki	秋天
□ 友達（ともだち）	偷．某．答．七 to.mo.da.chi	朋友

Rule 01 ～です [de.su] ＝是…

CD 05

「です [de.su]」放在句尾，表示陳述事實，對前面事物的斷定或是說明。相當於「是…」。是有禮貌的說法。

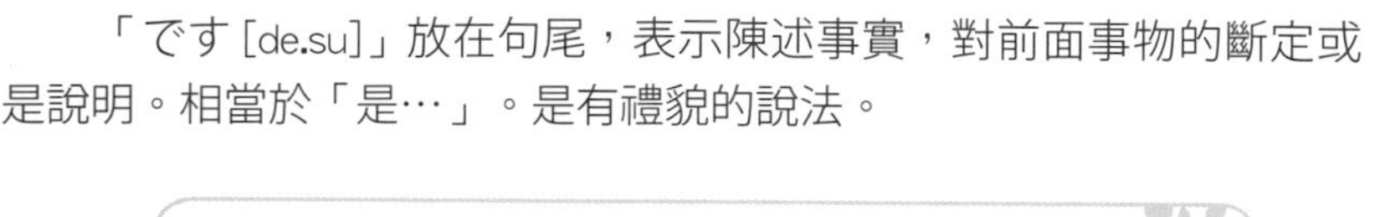

基本句型　名詞＋です（de.su）

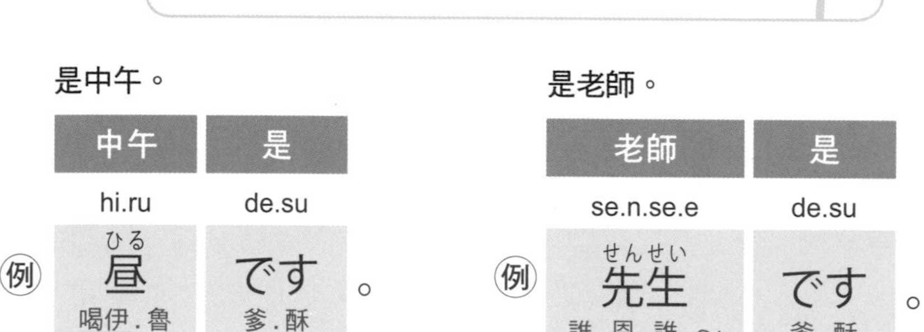

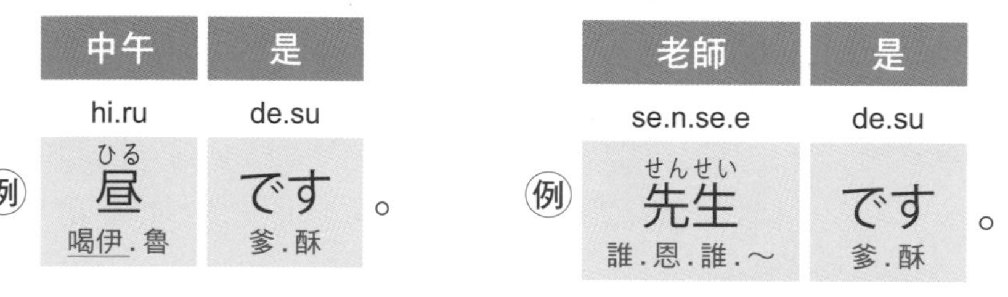

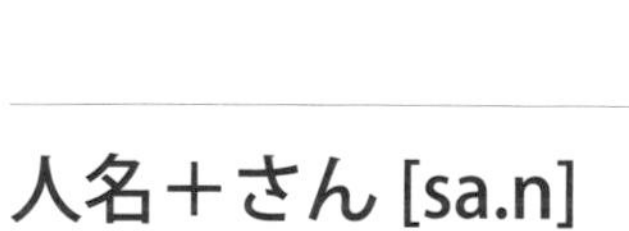

是中午。

中午	是
hi.ru	de.su
昼（ひる）	です
喝伊.魯	爹.酥

例 昼です。

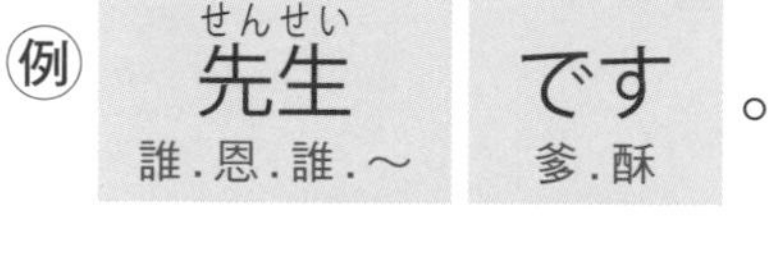

是老師。

老師	是
se.n.se.e	de.su
先生（せんせい）	です
誰.恩.誰.～	爹.酥

例 先生です。

人名＋さん [sa.n]

「さん [sa.n]」放在人名、職務名後面，表示尊敬。由於男女都可以用「さん [sa.n]」，所以中文可以譯成「先生；小姐」。但請小心，自己的名字後面不能加「さん [sa.n]」喔！

這位是山田先生。

這位	X	山田	先生	是
ko.chi.ra	wa	ya.ma.da	sa.n	de.su
こちら	は	山田（やまだ）	さん	です
寇.七.拉	哇	呀.媽.答	沙.恩	爹.酥

例 こちらは山田さんです。

～では（じゃ）ありません [de.wa.(ja.)a.ri.ma.se.n] ＝不是…

「です」的否定形是「ではありません [de.wa.a.ri.ma.se.n]」，表示對陳述事實給予否定，口語常用「じゃありません [ja.a.ri.ma.se.n]」。

不是老師。

老師	不	是
se.n.se.e	de.wa	a.ri.ma.se.n
先生（せんせい）	では	ありません
誰.恩.誰.～	爹.哇	阿.里.媽.誰.恩

例 先生ではありません。

不是中午。

中午	不	是
hi.ru	ja	a.ri.ma.se.n
昼（ひる）	じゃ	ありません
喝伊.魯	甲	阿.里.媽.誰.恩

例 昼じゃありません。

國名＋人 [ji.n]

要表示某人是哪個國家的人，只要在國名後面加上「人／じん [ji.n]」就行囉！

吳小姐是台灣人。

吳	小姐	X	台灣	人	是
go	sa.n	wa	ta.i.wa.n	ji.n	de.su
呉（ご）	さん	は	台湾（たいわん）	人（じん）	です
勾	沙.恩	哇	它.伊.哇.恩	基.恩	爹.酥

例 呉さんは台湾人です。

Practice 練習 句子被打散了，請在（　）內排出正確的順序。

1. 是夏天。

です＝是；夏（なつ）＝夏天

→（　　　　　　　　　　　　　　　　）。

2. 不是夏天。

夏（なつ）＝夏天；ではありません＝不是

→（　　　　　　　　　　　　　　　　）。

3. 是山田。

山田（やまだ）＝山田；です＝是

→（　　　　　　　　　　　　　　　　）。

4. （我）是小楊。

です＝是；楊（よう）＝楊

→（　　　　　　　　　　　　　　　　）。

5. 是我的朋友山田先生。

山田（やまだ）＝山田；です＝是；友達（ともだち）の＝朋友；さん＝先生

→（　　　　　　　　　　　　　　　　）。

6. 中山小姐是日本人。

さん＝小姐；です＝是；日本人（にほんじん）＝日本人；中山（なかやま）＝中山；は＝X

→（　　　　　　　　　　　　　　　　）。

Answer 答案

1. 夏（なつ）です
2. 夏（なつ）ではありません
3. 山田（やまだ）です
4. 楊（よう）です
5. 友達（ともだち）の山田（やまだ）さんです
6. 中山（なかやま）さんは日本人（にほんじん）です

★第五題的「の[no]」是同位語用法，表示前後兩個名詞是同樣的人或事物，所以「友達の山田さん」意思是「友達＝山田さん」。

指示代名詞

女生逛澀谷一定是心花朵朵開的，因為日本最流行的化妝品、衣服、配件都可以在這裡買得到。當然，男生也要去逛逛，看看 109 辣妹囉！來到這裡，貼心的日本友人一定會介紹時尚聖地 109 説：「あれは 109 です（那是 109 百貨）」，其中「那」日語説成「あれ [a.re]」，是指示代名詞的一種喔！讓我們再來介紹其他的指示代名詞吧。

學習重點
- ◉ 事物指示代名詞
- ◉ 指示連體詞
- ◉ 場所指示代名詞
- ◉ 方向指示代名詞

先記住這些單字吧！

CD 07

日文	唸法	中譯
□ 時計（とけい）	偷．克耶．～ to.ke.e	鐘錶
□ 雑誌（ざっし）	雜．︿西 za.sshi	雜誌
□ 本（ほん）	后．恩 ho.n	書
□ 小説（しょうせつ）	休．～．誰．豬 sho.o.se.tsu	小說
□ コンピューター	寇．恩．披烏．～．它．～ ko.n.pyu.u.ta.a	電腦
□ 教室（きょうしつ）	卡悠．～．西．豬 kyo.o.shi.tsu	教室
□ 会議室（かいぎしつ）	卡．伊．哥伊．西．豬 ka.i.gi.shi.tsu	會議室
□ プール	撲．～．魯 pu.u.ru	游泳池
□ トイレ	偷．伊．累 to.i.re	廁所
□ お手洗い（てあら）	歐．貼．阿．拉．伊 o.te.a.ra.i	洗手間

Rule 01 事物指示代名詞：これ／それ／あれ／どれ

CD 08

這一組是指示事物給對方看的說法。「これ [ko.re]」（這）指說話者身邊的事物；「それ [so.re]」（那）指聽話者身邊的事物；「あれ [a.re]」（那）指雙方距離都遠的事物；「どれ [do.re]」（哪）表示說話者不確定的事物，一般出現在疑問句中。

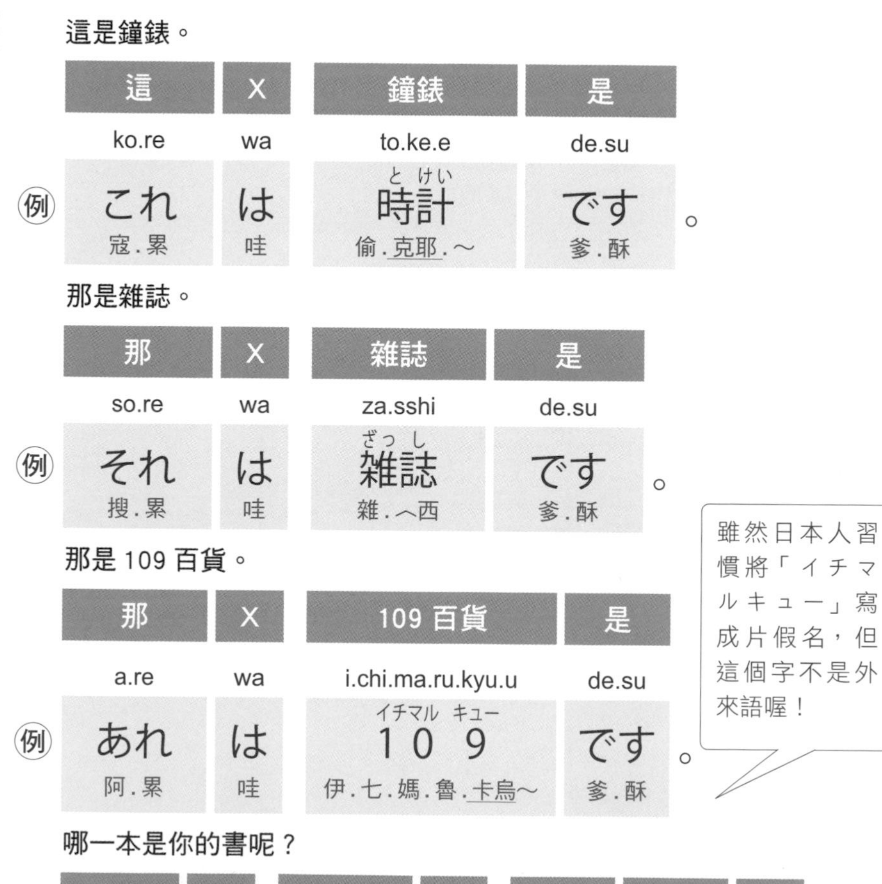

這是鐘錶。

這	X	鐘錶	是
ko.re	wa	to.ke.e	de.su
これ	は	時計（とけい）	です
寇.累	哇	偷.克耶.～	爹.酥

例 これは時計です。

那是雜誌。

那	X	雜誌	是
so.re	wa	za.sshi	de.su
それ	は	雑誌（ざっし）	です
搜.累	哇	雜.へ西	爹.酥

例 それは雑誌です。

那是 109 百貨。

那	X	109 百貨	是
a.re	wa	i.chi.ma.ru.kyu.u	de.su
あれ	は	1 0 9（イチマル キュー）	です
阿.累	哇	伊.七.媽.魯.卡烏～	爹.酥

例 あれは109です。

雖然日本人習慣將「イチマルキュー」寫成片假名，但這個字不是外來語喔！

哪一本是你的書呢？

哪一本	X	你	的	書	是	呢
do.re	ga	a.na.ta	no	ho.n	de.su	ka
どれ	が	あなた	の	本（ほん）	です	か
都.累	嘎	阿.那.它	諾	后.恩	爹.酥	卡

例 どれがあなたの本ですか。

指示連體詞：この／その／あの／どの

這一組是指示連體詞，後面必須接人事物的名詞，不能單獨使用。「この [ko.no]」（這…）指說話者身邊的事物；「その [so.no]」（那…）指聽話者身邊的事物；「あの [a.no]」（那…）指雙方距離都遠的事物；「どの [do.no]」（哪…）說話者不確定的事物，一般出現在疑問句中。

這本書是村上春樹的小說。

	這本	書	X	村上春樹	的	小說	是	
	ko.no	ho.n	wa	mu.ra.ka.mi.ha.ru.ki	no	sho.o.se.tsu	de.su	
		ほん		むらかみはるき		しょうせつ		
例	この	本	は	村上春樹	の	小説	です	。
	寇.諾	后.恩	哇	母.拉.卡.咪.哈.魯.克伊	諾	休.～.誰.豬	爹.酥	

那個人是誰呢？

	那個	人	X	誰	是	呢	
	so.no	hi.to	wa	da.re	de.su	ka	
		ひと		だれ			
例	その	人	は	誰	です	か	。
	搜.諾	喝伊.偷	哇	答.累	爹.酥	卡	

那個人是佐佐木小姐。

	那個	人	X	佐佐木	小姐	是	
	a.no	hi.to	wa	sa.sa.ki	sa.n	de.su	
		ひと		ささき			
例	あの	人	は	佐々木	さん	です	。
	阿.諾	喝伊.偷	哇	沙.沙.克伊	沙.恩	爹.酥	

哪一個人是田中先生呢？

	哪一個	人	X	田中	先生	是	呢	
	do.no	hi.to	ga	ta.na.ka	sa.n	de.su	ka	
		ひと		たなか				
例	どの	人	が	田中	さん	です	か	。
	都.諾	喝伊.偷	嘎	它.那.卡	沙.恩	爹.酥	卡	

Rule 03 場所指示代名詞：ここ／そこ／あそこ／どこ

CD 10

這一組是指示地點的說法。「ここ [ko.ko]」（這裡）指說話者身邊的場所；「そこ [so.ko]」（那裡）指聽話者身邊的場所；「あそこ [a.so.ko]」（那裡）指離雙方都較遠的場所；「どこ [do.ko]」（哪裡）表示說話者不確定的場所，一般出現在疑問句中。

這裡是電腦教室。

這裡	X	電腦	的	教室	是
ko.ko	wa	ko.n.pyu.u.ta.a	no	kyo.o.shi.tsu	de.su
ここ	は	コンピューター	の	教室（きょうしつ）	です
寇.寇	哇	寇.恩.披烏.～.它.～	諾	卡悠.～.西.豬	爹.酥

例 ここはコンピューターの教室です。

那裡是會議室。

那裡	X	會議室	是
so.ko	wa	ka.i.gi.shi.tsu	de.su
そこ	は	会議室（かいぎしつ）	です
搜.寇	哇	卡.伊.哥伊.西.豬	爹.酥

例 そこは会議室です。

那裡是游泳池。

那裡	X	游泳池	是
a.so.ko	wa	pu.u.ru	de.su
あそこ	は	プール	です
阿.搜.寇	哇	撲.～.魯	爹.酥

例 あそこはプールです。

洗手間在哪裡呢？

洗手間	X	哪裡	在	呢
to.i.re	wa	do.ko	de.su	ka
トイレ	は	どこ	です	か
偷.伊.累	哇	都.寇	爹.酥	卡

例 トイレはどこですか。

方向指示代名詞：こちら／そちら／あちら／どちら

這一組是指示方向及場所的說法。「こちら [ko.chi.ra]」（這邊）指離說話者近的方向；「そちら [so.chi.ra]」（那邊）指離聽話者近的方向；「あちら [a.chi.ra]」（那邊）指離說話者和聽話者都遠的方向；「どちら [do.chi.ra]」（哪邊）表示說話者不確定的方向，一般出現在疑問句中。這一組也用在指人物。

這一位是山田老師。

這一位	X	山田	老師	是
ko.chi.ra	wa	ya.ma.da	se.n.se.e	de.su
こちら	は	山田（やまだ）	先生（せんせい）	です
寇.七.拉	哇	呀.媽.答	誰.恩.誰.～	爹.酥

例 こちらは山田先生です。

那邊是圖書室。

那邊	X	圖書室	是
so.chi.ra	wa	to.sho.shi.tsu	de.su
そちら	は	図書室（としょしつ）	です
搜.七.拉	哇	偷.休.西.豬	爹.酥

例 そちらは図書室です。

洗手間在那邊。

洗手間	X	那邊	在
o.te.a.ra.i	wa	a.chi.ra	de.su
お手洗い（てあら）	は	あちら	です
歐.貼.阿.拉.伊	哇	阿.七.拉	爹.酥

例 お手洗いはあちらです。

您的國家是哪裡呢？

您的國家	X	哪裡	是	呢
o.ku.ni	wa	do.chi.ra	de.su	ka
お国（くに）	は	どちら	です	か
歐.枯.尼	哇	都.七.拉	爹.酥	卡

例 お国はどちらですか。

句子被打散了，請在（　）內排出正確的順序。

1. 這是教科書。

これ＝這；教科書＝教科書；は＝X；です＝是

→（　　　　　　　　　　　　　　　　　）。

2. 那家是有錢人。

家＝家；は＝X；です＝是；お金持ち＝有錢人；あの＝那

→（　　　　　　　　　　　　　　　　　）。

3. 大使館在那裡。

です＝是；は＝X；あそこ＝那裡；大使館＝大使館

→（　　　　　　　　　　　　　　　　　）。

4. 那裡是弟弟的房間。

は＝X；そこ＝那裡；部屋＝房間；です＝是；弟の＝弟弟的

→（　　　　　　　　　　　　　　　　　）。

5. 哪一位是高山先生呢？

高山先生＝高山先生；が＝X；か＝呢；どちら＝哪一位；です＝是

→（　　　　　　　　　　　　　　　　　）。

1. これは教科書です
2. あの家はお金持ちです
3. 大使館はあそこです
4. そこは弟の部屋です
5. どちらが高山先生ですか

STEP 4

數字

最近日幣貶值，一遇到假期，是不是就想到隔壁鄰居的日本玩呢？當然到日本就要好好血拼一番囉！購物的時候一定少不了數字，現在就讓我們來學學日語的數字吧！

學習重點

- ◉ 日語數字
- ◉ 助數詞
- ◉ 時間

先記住這些單字吧！

CD 12

日文	唸法	中譯
□ 電話番号（でんわばんごう）	爹.恩.哇.拔.恩.勾.～ de.n.wa.ba.n.go.o	電話號碼
□ 全部（ぜんぶ）	瑞賊.恩.布 ze.n.bu	全部
□ トマト	偷.媽.偷 to.ma.to	番茄
□ 棚（たな）	它.那 ta.na	架子
□ 犬（いぬ）	伊.奴 i.nu	狗
□ 日本語（にほんご）	尼.后.恩.勾 ni.ho.n.go	日語
□ 夏休み（なつやすみ）	那.豬.呀.酥.咪 na.tsu.ya.su.mi	暑假
□ 魚（さかな）	沙.卡.那 sa.ka.na	魚
□ アルバイト	阿.魯.拔.伊.偷 a.ru.ba.i.to	打工
□ シャツ	蝦.豬 sha.tsu	上衣
□ 買います（かいます）	卡.伊.媽.酥 ka.i.ma.su	購買
□ 誕生日（たんじょうび）	它.恩.久.～.逼 ta.n.jo.o.bi	生日
□ テスト	貼.酥.偷 te.su.to	測驗

數字

13 CD

數字 1

「0」「4」「7」「9」比較特別，有兩種唸法。此外，一般建築物上的「0」都唸「まる（圓形的意思）」，如「台北 101（台北いちまるいち）」。

0 れい／ゼロ [re.e ／ ze.ro]	1 いち [i.chi]	2 に [ni]
3 さん [sa.n]	4 よん／し [yo.n ／ shi]	5 ご [go]
6 ろく [ro.ku]	7 なな／しち [na.na ／ shi.chi]	8 はち [ha.chi]
9 きゅう／く [kyu.u ／ ku]	10 じゅう [ju.u]	11 じゅういち [ju.u.i.chi]
12 じゅうに [ju.u.ni]	13 じゅうさん [ju.u.sa.n]	14 じゅうよん／じゅうし [ju.u.yo.n ／ ju.u.shi]
15 じゅうご [ju.u.go]	16 じゅうろく [ju.u.ro.ku]	17 じゅうなな／じゅうしち [ju.u.na.na ／ ju.u.shi.chi]
18 じゅうはち [ju.u.ha.chi]	19 じゅうきゅう／じゅうく [ju.u.kyu.u ／ ju.u.ku]	20 にじゅう [ni.ju.u]

電話號碼是 03-3474-1234。

電話號碼	X	03	3474	1234	是
de.n.wa.ba.n.go.o	wa	ze.ro.sa.n	sa.n.yo.n.na.na.yo.n	i.chi.ni.sa.n.yo.n	de.su
でんわばんごう 電話番号	は	ゼロさん 03-	さんよんななよん 3474-	いちにさんよん 1234	です。
爹.恩.哇.拔.恩.勾.～	哇	瑞賊.摟.沙.恩	沙.恩.悠.恩.那.那.悠.恩	伊.七.尼.沙.恩.悠.恩	爹.酥

例 電話番号は03-3474-1234です。

註：基本上，用日語唸電話號碼時，「－」唸成「の [no]」，「2」唸成「にい [ni.i]」，「5」唸成「ごお [go.o]」。

數字 2

有些數字發音會有一些變化，例如「300」「600」「800」「3000」「8000」要注意喔！

10 じゅう [ju.u]	100 ひゃく [hya.ku]	1,000 せん／いっせん [se.n/i.sse.n]
20 にじゅう [ni.ju.u]	200 にひゃく [ni.hya.ku]	2,000 にせん [ni.se.n]
30 さんじゅう [sa.n.ju.u]	300 さんびゃく [sa.n.bya.ku]	3,000 さんぜん [sa.n.ze.n]
40 よんじゅう [yo.n.ju.u]	400 よんひゃく [yo.n.hya.ku]	4,000 よんせん [yo.n.se.n]
50 ごじゅう [go.ju.u]	500 ごひゃく [go.hya.ku]	5,000 ごせん [go.se.n]
60 ろくじゅう [ro.ku.ju.u]	600 ろっぴゃく [ro.ppya.ku]	6,000 ろくせん [ro.ku.se.n]
70 ななじゅう [na.na.ju.u]	700 ななひゃく [na.na.hya.ku]	7,000 ななせん [na.na.se.n]
80 はちじゅう [ha.chi.ju.u]	800 はっぴゃく [ha.ppya.ku]	8,000 はっせん [ha.sse.n]
90 きゅうじゅう [kyu.u.ju.u]	900 きゅうひゃく [kyu.u.hya.ku]	9,000 きゅうせん [kyu.u.se.n]
		10,000 いちまん [i.chi.ma.n]

那邊是 2,000 日圓。

那邊	X	2,000	日圓	是
so.chi.ra	wa	ni.se.n	e.n	de.su
そちら	は	2,000（にせん）	円（えん）	です
搜.七.拉	哇	尼.誰.恩	耶.恩	爹.酥

例 そちらは2,000円です。

助數詞

日語助數詞的發音中「一」「三」「六」「八」「十」這幾個數字，最常發促音「っ」或「b」、「p」的音喔！另外，唸法特殊的有「～つ [tsu]」；「枚」沒有發音變化。

計算物品數量 1

	小東西（蘋果、雞蛋等）		扁而平薄物（紙、手帕、CD 等）	細長物（鉛筆、雨傘、香蕉等）
	…個 ～つ	…個 ～個（こ）	…張，…片 ～枚（まい）	…枝，…條，…瓶 ～本(ほん、ぽん、ぼん)
1	ひと 一つ [hi.to.tsu]	いっ こ 1個 [i.kko]	いちまい 1枚 [i.chi.ma.i]	いっぽん 1本 [i.ppo.n]
2	ふた 二つ [fu.ta.tsu]	に こ 2個 [ni.ko]	に まい 2枚 [ni.ma.i]	に ほん 2本 [ni.ho.n]
3	みっ 三つ [mi.ttsu]	さん こ 3個 [sa.n.ko]	さんまい 3枚 [sa.n.ma.i]	さんぼん 3本 [sa.n.bo.n]
4	よっ 四つ [yo.ttsu]	よん こ 4個 [yo.n.ko]	よんまい 4枚 [yo.n.ma.i]	よんほん 4本 [yo.n.ho.n]
5	いつ 五つ [i.tsu.tsu]	ご こ 5個 [go.ko]	ご まい 5枚 [go.ma.i]	ご ほん 5本 [go.ho.n]
6	むっ 六つ [mu.ttsu]	ろっ こ 6個 [ro.kko]	ろくまい 6枚 [ro.ku.ma.i]	ろっぽん ろくほん 6本／6本 [ro.ppo.n/ro.ku.ho.n]
7	なな 七つ [na.na.tsu]	なな こ 7個 [na.na.ko]	ななまい 7枚 [na.na.ma.i]	ななほん 7本 [na.na.ho.n]
8	やっ 八つ [ya.ttsu]	はち こ はっ こ 8個／8個 [ha.chi.ko/ha.kko]	はちまい 8枚 [ha.chi.ma.i]	はちほん はっぽん 8本／8本 [ha.chi.ho.n/ha.ppo.n]
9	ここの 九つ [ko.ko.no.tsu]	きゅう こ 9個 [kyu.u.ko]	きゅうまい 9枚 [kyu.u.ma.i]	きゅうほん 9本 [kyu.u.ho.n]
10	とお 十 [to.o]	じゅっ こ 10個 [ju.kko]	じゅう まい 10枚 [ju.u.ma.i]	じゅっ ぽん 10本 [ju.ppo.n]
?	いくつ [i.ku.tsu]	なん こ 何個 [na.n.ko]	なんまい 何枚 [na.n.ma.i]	なんぼん 何本 [na.n.bo.n]

吃了兩顆番茄。

番茄	X	兩顆	吃了
to.ma.to	o	fu.ta.tsu	ta.be.ma.shi.ta
トマト 偷.媽.偷	を 歐	ふた 二つ 夫.它.豬	た 食べました 它.貝.媽.西.它

例 トマトを二つ食べました。

「台」沒有發音變化。

計算物品數量 2

	書、筆記本、字典等	車輛和電氣用品等	杯、碗等裝的飲品
	…本 ～冊（さつ）	…台，…輛 ～台（だい）	…杯 ～杯（はい、ぱい、ばい）
1	いっさつ 1冊 [i.ssa.tsu]	いちだい 1台 [i.chi.da.i]	いっぱい 1杯 [i.ppa.i]
2	に さつ 2冊 [ni.sa.tsu]	に だい 2台 [ni.da.i]	に はい 2杯 [ni.ha.i]
3	さんさつ 3冊 [sa.n.sa.tsu]	さんだい 3台 [sa.n.da.i]	さんばい 3杯 [sa.n.ba.i]
4	よんさつ 4冊 [yo.n.sa.tsu]	よんだい 4台 [yo.n.da.i]	よんはい 4杯 [yo.n.ha.i]
5	ご さつ 5冊 [go.sa.tsu]	ご だい 5台 [go.da.i]	ご はい 5杯 [go.ha.i]
6	ろくさつ 6冊 [ro.ku.sa.tsu]	ろくだい 6台 [ro.ku.da.i]	ろっぱい　ろくはい 6杯／6杯 [ro.ppa.i/ro.ku.ha.i]
7	ななさつ 7冊 [na.na.sa.tsu]	ななだい 7台 [na.na.da.i]	ななはい 7杯 [na.na.ha.i]
8	はっさつ 8冊 [ha.ssa.tsu]	はちだい 8台 [ha.chi.da.i]	はっぱい　はちはい 8杯／8杯 [ha.ppa.i/ha.chi.ha.i]
9	きゅうさつ 9冊 [kyu.u.sa.tsu]	きゅうだい 9台 [kyu.u.da.i]	きゅうはい 9杯 [kyu.u.ha.i]
10	じゅっ さつ 10冊 [ju.ssa.tsu]	じゅう だい 10台 [ju.u.da.i]	じゅっ ぱい 10杯 [ju.ppa.i]
?	なんさつ 何冊 [na.n.sa.tsu]	なんだい 何台 [na.n.da.i]	なんばい 何杯 [na.n.ba.i]

架子上有三本雜誌。

架子	X	雜誌	X	三本	有
ta.na	ni	za.sshi	ga	sa.n.sa.tsu	a.ri.ma.su
たな 棚 它.那	に 尼	ざっし 雑誌 雜.ㄟ西	が 嘎	さんさつ 3冊 沙.恩.沙.豬	あります 阿.里.媽.酥

例　棚に雑誌が3冊あります。

唸法特殊的有「一人（ひとり [hi.to.ri]）、二人（ふたり [fu.ta.ri]）」。

CD 15

其他助數詞 1

	人數	小動物（貓、狗、昆蟲等）	年齡
	…人 ～人（にん）	…隻，…條 ～匹（ひき、ぴき、びき）	…歲 ～歳（さい）
1	一人（ひとり）[hi.to.ri]	1匹（いっぴき）[i.ppi.ki]	1歳（いっさい）[i.ssa.i]
2	二人（ふたり）[fu.ta.ri]	2匹（にひき）[ni.hi.ki]	2歳（にさい）[ni.sa.i]
3	3人（さんにん）[sa.n.ni.n]	3匹（さんびき）[sa.n.bi.ki]	3歳（さんさい）[sa.n.sa.i]
4	4人（よにん）[yo.ni.n]	4匹（よんひき）[yo.n.hi.ki]	4歳（よんさい）[yo.n.sa.i]
5	5人（ごにん）[go.ni.n]	5匹（ごひき）[go.hi.ki]	5歳（ごさい）[go.sa.i]
6	6人（ろくにん）[ro.ku.ni.n]	6匹（ろっぴき）／6匹（ろくひき） [ro.ppi.ki/ro.ku.hi.ki]	6歳（ろくさい）[ro.ku.sa.i]
7	7人（しちにん）／7人（ななにん） [shi.chi.ni.n/na.na.ni.n]	7匹（ななひき）／7匹（しちひき） [na.na.hi.ki/shi.chi.hi.ki]	7歳（ななさい）[na.na.sa.i]
8	8人（はちにん）[ha.chi.ni.n]	8匹（はちひき）／8匹（はっぴき） [ha.chi.hi.ki/ha.ppi.ki]	8歳（はっさい）[ha.ssa.i]
9	9人（くにん）／9人（きゅうにん） [ku.ni.n/kyu.u.ni.n]	9匹（きゅうひき）[kyu.u.hi.ki]	9歳（きゅうさい）[kyu.u.sa.i]
10	10人（じゅうにん）[ju.u.ni.n]	10匹（じゅっぴき）[ju.ppi.ki]	10歳（じゅっさい）[ju.ssa.i]
?	何人（なんにん）[na.n.ni.n]	何匹（なんびき）[na.n.bi.ki]	何歳（なんさい）／いくつ [na.n.sa.i/i.ku.tsu]

房間裡有一隻狗。

房間	X	狗	X	一隻	有	
he.ya	ni	i.nu	ga	i.ppi.ki	i.ma.su	
部屋（へや）	に	犬（いぬ）	が	1匹（いっぴき）	います	。
黑.呀	尼	伊.奴	嘎	伊.ㄟ披.克伊	伊.媽.酥	

例

日本錢幣分為紙鈔和硬幣，紙鈔有：「10000」「5000」「1000」，硬幣有：「500」「100」「10」「5」「1」。

其他助數詞 2

	次數	金額（日圓）	樓層數	號碼
	…次 ～回（かい）	…日圓 ～円（えん）	…樓 ～階（かい、がい）	…號，第… ～番（ばん）
1	いっかい 1回 [i.kka.i]	いちえん 1円 [i.chi.e.n]	いっかい 1階 [i.kka.i]	いちばん 1番 [i.chi.ba.n]
2	に かい 2回 [ni.ka.i]	に えん 2円 [ni.e.n]	に かい 2階 [ni.ka.i]	に ばん 2番 [ni.ba.n]
3	さんかい 3回 [sa.n.ka.i]	さんえん 3円 [sa.n.e.n]	さんがい さんかい 3階／3階 [sa.n.ga.i/sa.n.ka.i]	さんばん 3番 [sa.n.ba.n]
4	よんかい 4回 [yo.n.ka.i]	よ えん よんえん 4円／4円 [yo.e.n/yo.n.e.n]	よんかい 4階 [yo.n.ka.i]	よんばん よ ばん 4番／4番 [yo.n.ba.n/yo.ba.n]
5	ご かい 5回 [go.ka.i]	ご えん 5円 [go.e.n]	ご かい 5階 [go.ka.i]	ご ばん 5番 [go.ba.n]
6	ろっかい 6回 [ro.kka.i]	ろくえん 6円 [ro.ku.e.n]	ろっかい 6階 [ro.kka.i]	ろくばん 6番 [ro.ku.ba.n]
7	ななかい 7回 [na.na.ka.i]	ななえん 7円 [na.na.e.n]	ななかい 7階 [na.na.ka.i]	ななばん しちばん 7番／7番 [na.na.ba.n/shi.chi.ba.n]
8	はちかい はっかい 8回／8回 [ha.chi.ka.i/ha.kka.i]	はちえん 8円 [ha.chi.e.n]	はちかい はっかい 8階／8階 [ha.chi.ka.i/ha.kka.i]	はちばん 8番 [ha.chi.ba.n]
9	きゅうかい 9回 [kyu.u.ka.i]	きゅうえん 9円 [kyu.u.e.n]	きゅうかい 9階 [kyu.u.ka.i]	きゅうばん 9番 [kyu.u.ba.n]
10	じゅっ かい 10回 [ju.kka.i]	じゅう えん 10円 [ju.u.e.n]	じゅっ かい 10階 [ju.kka.i]	じゅう ばん 10番 [ju.u.ba.n]
?	なんかい 何回 [na.n.ka.i]	なんえん いくら／何円 [i.ku.ra/na.n.e.n]	なんがい なんかい 何階／何階 [na.n.ga.i/na.n.ka.i]	なんばん 何番 [na.n.ba.n]

「番」沒有發音變化。

教室在二樓。

教室	X	二樓	在
kyo.o.shi.tsu	wa	ni.ka.i	de.su.
きょうしつ 教室	は	に かい 2階	です
卡悠.～.西.豬	哇	尼.卡.伊	爹.酥

例 教室は2階です。

時間

CD 16

「…點」的說法

時間用「數字＋時」。注意「4：00」「7：00」「9：00」的說法。下午一點、兩點，也可以說「13 時」「14 時」。

1 點 いちじ [i.chi.ji]	2 點 にじ [ni.ji]	3 點 さんじ [sa.n.ji]	4 點 よじ [yo.ji]
5 點 ごじ [go.ji]	6 點 ろくじ [ro.ku.ji]	7 點 しちじ [shi.chi.ji]	8 點 はちじ [ha.chi.ji]
9 點 くじ [ku.ji]	10 點 じゅうじ [ju.u.ji]	11 點 じゅういちじ [ju.u.i.chi.ji]	12 點 じゅうにじ [ju.u.ni.ji]

現在幾點呢？

現在		幾點	是	呢	
i.ma		na.n.ji	de.su	ka	
例 今（いま） 伊.媽	、	何時（なんじ） 那.恩.基	です 爹.酥	か 卡	。

四點。

四點	是	
yo.ji	de.su	
例 4時（よじ） 悠.基	です 爹.酥	。

「…分」的說法

「分」的前面是鼻音「ん[n]」或促音「っ」的時候，要發「ぷん[pu.n]」，其他發「ふん[fu.n]」。十一分到五十九分，和數字的唸法一樣。

1分 いっぷん [i.ppu.n]	2分 にふん [ni.fu.n]	3分 さんぷん [sa.n.pu.n]	4分 よんぷん [yo.n.pu.n]	5分 ごふん [go.fu.n]
6分 ろっぷん [ro.ppu.n]	7分 ななふん [na.na.fu.n]	8分 はちふん／はっぷん [ha.chi.fu.n/ha.ppu.n]	9分 きゅうふん [kyu.u.fu.n]	10分 じゅっぷん [ju.ppu.n]
11分 じゅういっぷん [ju.u.i.ppu.n]	12分 じゅうにふん [ju.u.ni.fu.n]	13分 じゅうさんぷん [ju.u.sa.n.pu.n]	14分 じゅうよんぷん [ju.u.yo.n.pu.n]	15分 じゅうごふん [ju.u.go.fu.n]
20分 にじゅっぷん [ni.ju.ppu.n]	30分 さんじゅっぷん [sa.n.ju.ppu.n]	40分 よんじゅっぷん [yo.n.ju.ppu.n]	50分 ごじゅっぷん [go.ju.ppu.n]	

現在幾點幾分呢？

現在		幾點	幾分	是	呢	
i.ma		na.n.ji	na.n.pu.n	de.su	ka	
今（いま）	、	何時（なんじ）	何分（なんぷん）	です	か	。
伊.媽		那.恩.基	那.恩.撲.恩	爹.酥	卡	

例

十二點三十一分。

十二點	三十一分	是	
ju.u.ni.ji	sa.n.ju.u.i.ppu.n	de.su	
12時（じゅうにじ）	31分（さんじゅういっぷん）	です	。
啾.～.尼.基	沙.恩.啾.～.伊.ㄟ撲.恩	爹.酥	

例

時候

[日]	昨天 昨日（きのう） [ki.no.o]	今天 今日（きょう） [kyo.o]	明天 明日（あした）／明日（あす） [a.shi.ta/a.su]	每天 毎日（まいにち） [ma.i.ni.chi]
[週]	上週 先週（せんしゅう） [se.n.shu.u]	這週 今週（こんしゅう） [ko.n.shu.u]	下週 来週（らいしゅう） [ra.i.shu.u]	每週 毎週（まいしゅう） [ma.i.shu.u]
[月]	上個月 先月（せんげつ） [se.n.ge.tsu]	這個月 今月（こんげつ） [ko.n.ge.tsu]	下個月 来月（らいげつ） [ra.i.ge.tsu]	每個月 毎月（まいつき）／毎月（まいげつ） [ma.i.tsu.ki/ma.i.ge.tsu]
[年]	去年 去年（きょねん） [kyo.ne.n]	今年 今年（ことし） [ko.to.shi]	明年 来年（らいねん） [ra.i.ne.n]	每年 毎年（まいとし）／毎年（まいねん） [ma.i.to.shi/ma.i.ne.n]

從什麼時候開始學日語呢？

什麼時候	從…開始	日語	X	學	X	呢
i.tsu	ka.ra	ni.ho.n.go	o	be.n.kyo.o.shi.te	i.ma.su	ka
いつ	から	日本語（にほんご）	を	勉強（べんきょう）して	います	か
伊.豬	卡.拉	尼.后.恩.勾	歐	貝.恩.卡悠.～.西.貼	伊.媽.酥	卡

例　いつから日本語を勉強していますか。

從去年開始學習。

去年	從…開始	學習	X
kyo.ne.n	ka.ra	be.n.kyo.o.shi.te	i.ma.su
去年（きょねん）	から	勉強（べんきょう）して	います
卡悠.內.恩	卡.拉	貝.恩.卡悠.～.西.貼	伊.媽.酥

例　去年から勉強しています。

月份

要特別注意「四月」「七月」「九月」的唸法，這三個月的數字只有以下這種唸法。

1月 いちがつ 1月 [i.chi.ga.tsu]	2月 に がつ 2月 [ni.ga.tsu]	3月 さんがつ 3月 [sa.n.ga.tsu]	4月 し がつ 4月 [shi.ga.tsu]
5月 ご がつ 5月 [go.ga.tsu]	6月 ろくがつ 6月 [ro.ku.ga.tsu]	7月 しちがつ 7月 [shi.chi.ga.tsu]	8月 はちがつ 8月 [ha.chi.ga.tsu]
9月 く がつ 9月 [ku.ga.tsu]	10月 じゅうがつ 10月 [ju.u.ga.tsu]	11月 じゅういち がつ 11月 [ju.u.i.chi.ga.tsu]	12月 じゅうに がつ 12月 [ju.u.ni.ga.tsu]

在日本，三月、四月跟五月是春天。

日本	在		三月	跟	四月	跟	五月	X	春天	是	
ni.ho.n	de.wa		sa.n.ga.tsu	to	shi.ga.tsu	to	go.ga.tsu	wa	ha.ru	de.su	
にほん 日本	では	、	さんがつ 3月	と	し がつ 4月	と	ご がつ 5月	は	はる 春	です	。
尼.后.恩	爹.哇		沙.恩.嘎.豬	偷	西.嘎.豬	偷	勾.嘎.豬	哇	哈.魯	爹.酥	

例

從八月一日到九月三十日是暑假。

八月	一日	從	九月	三十日	到	暑假	是	
ha.chi.ga.tsu	tsu.i.ta.chi	ka.ra	ku.ga.tsu	sa.n.ju.u.ni.chi	ma.de	na.tsu.ya.su.mi	de.su	
はちがつ 8月	ついたち 1日	から	く がつ 9月	さんじゅうにち 30日	まで	なつやす 夏休み	です	。
哈.七.嘎.豬	豬.伊.它.七	卡.拉	枯.嘎.豬	沙.恩.啾.～.尼.七	媽.爹	那.豬.呀.酥.咪	爹.酥	

例

一日到十日是古日語，所以唸法比較特別，多唸幾次就熟啦！「十日」以後的唸法很簡單跟月份一樣，只有「四」「七」「九」的唸法注意一下就好。另外，「二十日」是唸成「はつか [ha.tsu.ka]」。

日期

1日 ついたち [tsu.i.ta.chi]	2日 ふつか [fu.tsu.ka]	3日 みっか [mi.kka]	4日 よっか [yo.kka]
5日 いつか [i.tsu.ka]	6日 むいか [mu.i.ka]	7日 なのか [na.no.ka]	8日 ようか [yo.o.ka]
9日 ここのか [ko.ko.no.ka]	10日 とおか [to.o.ka]	11日 じゅういちにち [ju.u.i.chi.ni.chi]	12日 じゅうににち [ju.u.ni.ni.chi]
13日 じゅうさんにち [ju.u.sa.n.ni.chi]	14日 じゅうよっか [ju.u.yo.kka]	15日 じゅうごにち [ju.u.go.ni.chi]	16日 じゅうろくにち [ju.u.ro.ku.ni.chi]
17日 じゅうしちにち [ju.u.shi.chi.ni.chi]	18日 じゅうはちにち [ju.u.ha.chi.ni.chi]	19日 じゅうくにち [ju.u.ku.ni.chi]	20日 はつか [ha.tsu.ka]
21日 にじゅういちにち [ni.ju.u.i.chi.ni.chi]	22日 にじゅうににち [ni.ju.u.ni.ni.chi]	23日 にじゅうさんにち [ni.ju.u.sa.n.ni.chi]	24日 にじゅうよっか [ni.ju.u.yo.kka]
25日 にじゅうごにち [ni.ju.u.go.ni.chi]	26日 にじゅうろくにち [ni.ju.u.ro.ku.ni.chi]	27日 にじゅうしちにち [ni.ju.u.shi.chi.ni.chi]	28日 にじゅうはちにち [ni.ju.u.ha.chi.ni.chi]
29日 にじゅうくにち [ni.ju.u.ku.ni.chi]	30日 さんじゅうにち [sa.n.ju.u.ni.chi]	31日 さんじゅういちにち [sa.n.ju.u.i.chi.ni.chi]	

今天是六月二十四日。

今天	X	六月	二十四日	是	
kyo.o	wa	ro.ku.ga.tsu	ni.ju.u.yo.kka	de.su	
きょう 今日 卡悠.～	は 哇	ろくがつ 6月 摟.枯.嘎.豬	にじゅうよっか 24日 尼.啾.～.悠.︿卡	です 爹.酥	。

例

星期

星期日 にちようび 日曜日 [ni.chi.yo.o.bi]	星期一 げつようび 月曜日 [ge.tsu.yo.o.bi]	星期二 かようび 火曜日 [ka.yo.o.bi]	星期三 すいようび 水曜日 [su.i.yo.o.bi]
星期四 もくようび 木曜日 [mo.ku.yo.o.bi]	星期五 きんようび 金曜日 [ki.n.yo.o.bi]	星期六 どようび 土曜日 [do.yo.o.bi]	

明天是星期幾呢？

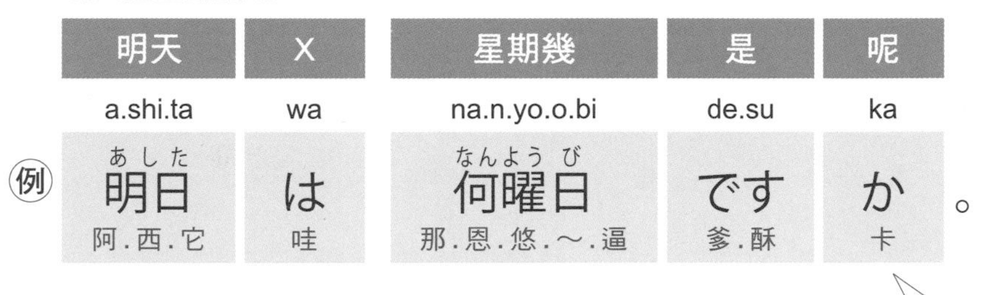

星期六。

日語星期的說法很有趣，竟然是用五行來表示的。在會話中「月曜日（げつようび [ge.tsu.yo.o.bi]）」也可以簡單說成「月曜（げつよう [ge.tsu.yo.o]）」，「日（び [bi]）」常會被省略。詢問星期時用「何曜日（なんようび [na.n.yo.o.bi]）」（星期幾）。

日本年號與西元對照表

在日本，日常生活或生意上的往來，一般使用日本年號。

明治元年（1 年）	1868 年
大正元年（1 年）	1912 年
昭和元年（1 年）	1926 年
平成元年（1 年）	1989 年

Practice 練習 請依照中文意思，填寫句子中的（　　），並在日文答案上標讀音。

1. 有幾條魚呢？

魚（さかな）は（　　　　　　）いますか。

2. 打工是從七點開始。

アルバイトは（　　　　　　）からです。

3. 下星期五是 20 號。

来週（らいしゅう）の（　　　　　　）は（　　　　　　）です。

4. 買了七件上衣。

シャツを（　　　　　　）買（か）いました。

5. 今年的三月十五日來到日本。

今年（ことし）の（　　　　　　）に日本（にほん）に来（き）ました。

6. 我的生日是四月五日。

私（わたし）の誕生日（たんじょうび）は（　　　　　　）です。

7. 測驗是從十點三十分開始。

テストは（　　　　　　）からです。

Answer 答案

1. 何匹（なんびき）
2. 7時（しちじ）
3. 金曜日（きんようび）、20日（はつか）
4. 7枚（ななまい）
5. 3月15日（さんがつじゅうごにち）
6. 4月5日（しがついつか）
7. 10時30分（じゅうじさんじゅっぷん）

STEP 5 助詞 1

在 STEP1 曾經提到日語跟中文不同的地方，其中，就是日語的主詞或受詞等後面，會加一個像小婢女一樣的助詞，來輔佐主詞或受詞。現在就讓我們來介紹一下日語助詞吧！

學習重點

◉ 格助詞：が [ga]
◉ 格助詞：を [o]
◉ 格助詞：に [ni]

先記住這些單字吧！

日文	唸法	中譯
□ 天気（てんき）	貼．恩．克伊 te.n.ki	天氣
□ 歌（うた）	烏．它 u.ta	歌
□ 上手（じょうず）	久．～．茲 jo.o.zu	好，擅長
□ チョコレート	秋．寇．累．～．偷 cho.ko.re.e.to	巧克力
□ バス	拔．酥 ba.su	公車
□ 英語（えいご）	耶．～．勾 e.e.go	英語
□ 電話（でんわ）	爹．恩．哇 de.n.wa	電話
□ 絵（え）	耶 e	畫
□ 結婚（けっこん）・します	克耶．へ寇．恩．西．媽．酥 ke.kkon.shi.ma.su	結婚
□ 野菜（やさい）	呀．沙．伊 ya.sa.i	蔬菜
□ 飛行機（ひこうき）	喝伊．寇．～．克伊 hi.ko.o.ki	飛機
□ 空港（くうこう）	枯．～．寇．～ ku.u.ko.o	機場

Rule 01 格助詞：が（表示主語；對象）

「が [ga]」前接動作實行的人，表示動作的主語，或表示眼前看到的現象的主語，如前兩個例句；「が [ga]」也可以接表示感情、希望及可能的對象，如後兩個例句。

我去。

我	X	去
wa.ta.shi	ga	i.ki.ma.su
私（わたし）	が	行（い）きます
哇.它.西	嘎	伊.克伊.媽.酥

例 私が行きます。

天氣很好。

天氣	X	很好	X
te.n.ki	ga	i.i	de.su
天気（てんき）	が	いい	です
貼.恩.克伊	嘎	伊.～	爹.酥

例 天気がいいです。

我喜歡動畫。

動畫	X	喜歡	X
a.ni.me	ga	su.ki	de.su
アニメ	が	好（す）き	です
阿.尼.妹	嘎	酥.克伊	爹.酥

例 アニメが好きです。

歌唱得很好。

歌	X	唱得很好	X
u.ta.	g	jo.o.zu	de.su
歌（うた）	が	上手（じょうず）	です
烏.它	嘎	久.～.茲	爹.酥

例 歌が上手です。

格助詞：を（表示目的語）

「を [o]」接在他動詞的前面，表示動作的目的或對象。「を [o]」前面的名詞，是動作所涉及的對象。他動詞指的是指藉著他人的力量，做某動作的動詞。

主語＋は（wa）＋對象＋を（o）＋動詞

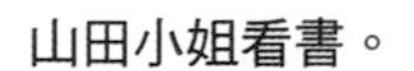

我吃巧克力。

整理一下

其他常用的他動詞	
飲（の）みます [no.mi.ma.su]	喝
買（か）います [ka.i.ma.su]	買
開（あ）けます [a.ke.ma.su]	打開

格助詞：を（表示通過或移動）

「を [o]」也可以表示經過或移動的場所，這時候「を [o]」後面常接表示通過或移動的自動詞。自動詞指的是不藉他人的力量，由自己做某動作的動詞。

真由美經過道路。

例

真由美	X	道路	X	經過	
ma.yu.mi	wa	mi.chi	o	to.o.ri.ma.su	
真由美（まゆみ）	は	道（みち）	を	通（とお）ります	。
媽．尤．咪	哇	咪．七	歐	偷．～．里．媽．酥	

鳥飛過天空。

例

鳥	X	天空	X	飛過	
to.ri	ga	so.ra	o	to.bi.ma.su	
鳥（とり）	が	空（そら）	を	飛（と）びます	。
偷．里	嘎	搜．拉	歐	偷．逼．媽．酥	

整理一下

例子	
表示通過場所的自動詞	「渡（わた）る [wa.ta.ru] ／越過、曲（ま）がる [ma.ga.ru] ／轉彎」等
表示移動的自動詞	「歩（ある）く [a.ru.ku] ／走、走（はし）る [ha.shi.ru] ／跑、飛（と）ぶ [to.bu] ／飛」等

格助詞：を（表示離開）

「を [o]」也表示動作離開的場所。例如，從家裡出來或從各種交通工具下來。主要是從小空間移到大空間。

三點時離開家裡。

三點	時	家裡	X	離開
sa.n.ji	ni	i.e	o	de.ma.su
3時（さんじ）	に	家（いえ）	を	出（で）ます
沙.恩.基	尼	伊.耶	歐	爹.媽.酥

例 3時（さんじ）に家（いえ）を出（で）ます。

下公車。

公車	X	下
ba.su	o	o.ri.ma.su
バス	を	降（お）ります
拔.酥	歐	歐.里.媽.酥

例 バスを降（お）ります。

整理一下

其他常用的交通工具	
車（くるま） [ku.ru.ma]	汽車
タクシー [ta.ku.shi.i]	計程車
電車（でんしゃ） [de.n.sha]	電車
地下鉄（ちかてつ） [chi.ka.te.tsu]	地下鐵
飛行機（ひこうき） [hi.ko.o.ki]	飛機

格助詞：に（前面接「人」）

「に [ni]」的前面接人，表示動作、作用的對象，也就是動作的接受者。中文可以翻成「給…」、「跟」。

（主語＋は（wa））＋對象＋に（ni）
＋受詞＋を（o）＋動詞

我教妹妹英語。

我	X	妹妹	X	英語	X	教
wa.ta.shi	wa	i.mo.o.to	ni	e.e.go	o	o.shi.e.ma.su
私（わたし）	は	妹（いもうと）	に	英語（えいご）	を	教（おし）えます
哇.它.西	哇	伊.某.～.偷	尼	耶.～.勾	歐	歐.西.耶.媽.酥

例 私（わたし）は妹（いもうと）に英語（えいご）を教（おし）えます。

打電話給朋友。

朋友	給	電話	X	打
to.mo.da.chi	ni	de.n.wa	o	ka.ke.ma.su
友達（ともだち）	に	電話（でんわ）	を	かけます
偷.某.答.七	尼	爹.恩.哇	歐	卡.克耶.媽.酥

例 友達（ともだち）に電話（でんわ）をかけます。

整理一下

其他兄弟姊妹稱呼		
哥哥	姊姊	弟弟
お兄（にい）さん／兄（あに）	お姉（ねえ）さん／姉（あね）	弟（おとうと）
[o.ni.i.sa.n ／ a.ni]	[o.ne.e.sa.n ／ a.ne]	[o.to.o.to]

格助詞：に（前面接「場所」）

「に [ni]」的前面接場所，表示施加動作的場所、地點。

在牆壁上貼畫。

牆壁	在…上	畫	X	貼	
ka.be	ni	e	o	ha.ri.ma.su	
例 壁（かべ）	に	絵（え）	を	はります	。
卡．貝	尼	耶	歐	哈．里．媽．酥	

在包包裡放教科書。

包包	在…裡	教科書	X	放	
ka.ba.n	ni	kyo.o.ka.sho	o	i.re.ma.su	
例 かばん	に	教科書（きょうかしょ）	を	入（い）れます	。
卡．拔．恩	尼	卡悠．～．卡．休	歐	伊．累．媽．酥	

格助詞：に（表示時間）

幾點啦！星期幾啦！幾月幾號做什麼事啦！表示動作發生的時間就用「に [ni]」，中文可以翻譯成「在…」。

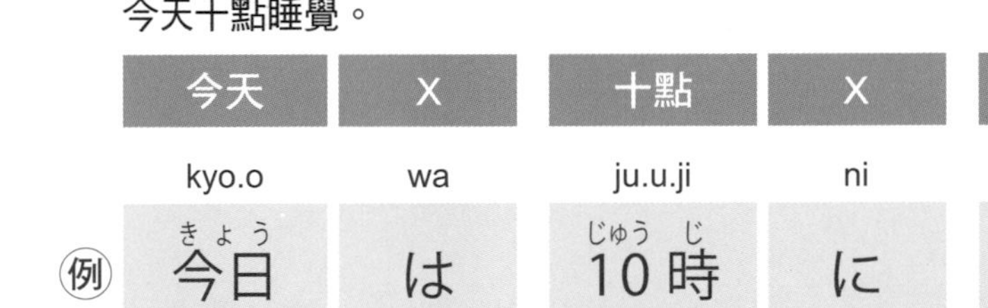

今天十點睡覺。

今天	X	十點	X	睡覺	
kyo.o	wa	ju.u.ji	ni	ne.ma.su	
例 今日（きょう）	は	10時（じゅうじ）	に	寝（ね）ます	。
卡悠．～	哇	啾．～．基	尼	內．媽．酥	

下個月的十五號要結婚。

下個月	十五號	X	要結婚
ra.i.ge.tsu	ju.u.go.ni.chi	ni	ke.kkon.shi.ma.su
例 来月（らいげつ）	15日（じゅうご にち）	に	結婚（けっこん）します 。
拉．伊．給．豬	啾．～．勾．尼．七	尼	克耶．ㄟ寇．恩．西．媽．酥

格助詞：に（表示目的）

「に [ni]」前面接動詞連用形或名詞，表示動作的目的。

去看電影。

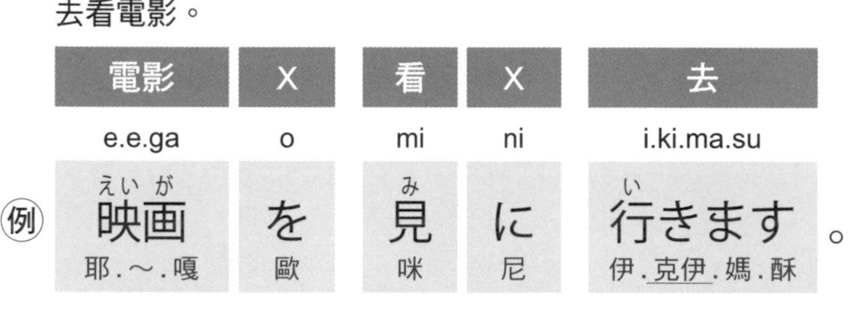

電影	X	看	X	去
e.e.ga	o	mi	ni	i.ki.ma.su
例 映画（えいが）	を	見（み）	に	行（い）きます 。
耶．～．嘎	歐	咪	尼	伊．克伊．媽．酥

去買蔬菜。

蔬菜	X	買	X	去
ya.sa.i	o	ka.i	ni	i.ki.ma.su
例 野菜（やさい）	を	買（か）い	に	行（い）きます 。
呀．沙．伊	歐	卡．伊	尼	伊．克伊．媽．酥

格助詞：に（表示到達點）

「に [ni]」前面接場所，表示動作移動的到達點、目的地。

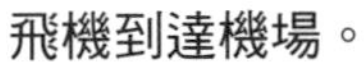
飛機到達機場。

飛機	X	機場	X	到達
hi.ko.o.ki	ga	ku.u.ko.o	ni	tsu.ki.ma.su
飛行機（ひこうき）	が	空港（くうこう）	に	着（つ）きます
喝伊.寇.～.克伊	嘎	枯.～.寇.～	尼	豬.克伊.媽.酥

例 飛行機が空港に着きます。

太郎回家。

太郎	X	家	X	回
ta.ro.o	wa	i.e	ni	ka.e.ri.ma.su
太郎（たろう）	は	家（いえ）	に	帰（かえ）ります
它.摟.～	哇	伊.耶	尼	卡.耶.里.媽.酥

例 太郎は家に帰ります。

格助詞：に（表示存在的場所）

「に [ni]」前接名詞，表示人事物存在的場所。當存在的主語是有生命體的人或動物時，後面動詞用「います [i.ma.su]」（有、在）；但是如果主語是植物或無生命體時，後面動詞用「あります [a.ri.ma.su]」（有、在）。

加藤小姐在公園裡。

加藤	小姐	X	公園	X	在
ka.to.o	sa.n	wa	ko.o.e.n	ni	i.ma.su
加藤（かとう）	さん	は	公園（こうえん）	に	います
卡.偷.～	沙.恩	哇	寇.～.耶.恩	尼	伊.媽.酥

例 加藤さんは公園にいます。

桌子上面有字典。

桌子	的	上面	X	字典	X	有	
tsu.ku.e	no	u.e	ni	ji.sho	ga	a.ri.ma.su	
机（つくえ）	の	上（うえ）	に	辞書（じしょ）	が	あります	。
豬.枯.耶	諾	烏.耶	尼	基.休	嘎	阿.里.媽.酥	

例

MEMO

Practice 練習

請依照中文意思，並從下列的語群中，選出最適當助詞，填入（　）完成日語句子。

語群 が／を／に

1. 送給她禮物。

　彼女（　　）プレゼントをあげます。

2. 田中先生過橋。

　田中さんが橋（　　）渡ります。

3. 去河川游泳。

　川へ泳ぎ（　　）行きます。

4. 這本是我的字典。

　これ（　　）私の辞書です。

5. 七點時離開店家。

　7時に店（　　）出ます。

6. 學校九點開始上課。

　学校は9時（　　）始まります。

7. 陳先生學習數學。

　陳さんは数学（　　）勉強します。

8. 船入港口。

　船が港（　　）入ります。

Answer 答案

1. に	4. が	7. を
2. を	5. を	8. に
3. に	6. に	

STEP 6

助詞 2

可別看日語助詞像小婢女一樣，它在句子裡角色可是很舉足輕重的喔！例如，一路熱血飛到日本看演唱會，看到跟您一起燃燒歌迷魂的日本朋友，想對他說「我從台灣來」，這裡的「從…」就是日語助詞啦！趕快來學習其他的日語助詞吧！

學習重點

◉ 格助詞：で [de]、へ [e]、と [to]
◉ 格助詞：から [ka.ra]、まで [ma.de]
◉ 助詞：の [no]

先記住這些單字吧！

CD 21

日文	唸法	中譯
□ コーヒー	寇.～.喝伊.～ ko.o.hi.i	咖啡
□ 船（ふね）	夫.內 fu.ne	船
□ 靴（くつ）	枯.豬 ku.tsu	鞋子
□ 紙（かみ）	卡.咪 ka.mi	紙
□ 電車（でんしゃ）	爹.恩.蝦 de.n.sha	電車
□ 大学（だいがく）	答.伊.嘎.枯 da.i.ga.ku	大學
□ 手紙（てがみ）	貼.嘎.咪 te.ga.mi	信件
□ 両親（りょうしん）	溜.～.西.恩 ryo.o.shi.n	父母
□ 旅行（りょこう）	溜.寇.～ ryo.ko.o	旅行
□ 公園（こうえん）	寇.～.耶.恩 ko.o.e.n	公園
□ 料理（りょうり）	溜.～.里 ryo.o.ri	料理
□ 辛い（からい）	卡.拉.伊 ka.ra.i	辣的
□ 音楽（おんがく）	歐.恩.嘎.枯 o.n.ga.ku	音樂

格助詞：で（表示場所）

22 CD

「で [de]」前接場所，表示動作發生的場所，中文翻成「在…」。不同於「を [o]」表示動作所經過的場所，「で [de]」表示所有的動作都在那一場所進行。

場所＋で（de）＋動詞

在咖啡館喝咖啡。

咖啡館	在	咖啡	X	喝
ka.fe	de	ko.o.hi.i	o	no.mi.ma.su
カフェ	で	コーヒー	を	飲（の）みます
卡.非	爹	寇.～.喝伊.～	歐	諾.咪.媽.酥

例 カフェでコーヒーを飲みます。

孩子們在河川游泳。

孩子	們	X	河川	在	游泳
ko.do.mo	ta.chi	ga	ka.wa	de	o.yo.gi.ma.su
子（こ）ども	たち	が	川（かわ）	で	泳（およ）ぎます
寇.都.某	它.七	嘎	卡.哇	爹	歐.悠.哥伊.媽.酥

例 子どもたちが川で泳ぎます。

整理一下

其他常用場所的說法			
電影院	百貨公司	餐廳	醫院
映画館（えいがかん）	デパート	レストラン	病院（びょういん）
[e.e.ga.ka.n]	[de.pa.a.to]	[re.su.to.ra.n]	[byo.o.i.n]

格助詞：で（表示手段方法；材料）

「で[de]」也可以接表示動作的方法、手段，或使用的交通工具，如前兩句例句；另外，「で[de]」也表示接製作東西所使用的材料，如後兩句例句，中文可以翻成「用…」。

名詞（表示手段方法）＋で(de)＋動詞
名詞（表示材料）＋で(de)＋動詞

用英語寫日記。

英語	用	日記	X	寫	
e.e.go	de	ni.kki	o	ka.ki.ma.su	
英語（えいご）	で	日記（にっき）	を	書（か）きます	。
耶.～.勾	爹	尼.︿克伊	歐	卡.克伊.媽.酥	

例

坐船去沖繩。

船	坐	沖繩	X	去	
fu.ne	de	o.ki.na.wa	ni	i.ki.ma.su	
船（ふね）	で	沖縄（おきなわ）	に	行（い）きます	。
夫.內	爹	歐.克伊.那.哇	尼	伊.克伊.媽.酥	

例

用玻璃做鞋。

玻璃	用	鞋	X	做	
ga.ra.su	de	ku.tsu	o	tsu.ku.ri.ma.su	
ガラス	で	靴（くつ）	を	作（つく）ります	。
嘎.拉.酥	爹	枯.豬	歐	豬.枯.里.媽.酥	

例

用紙折飛機。

紙	用	飛機	X	折	
ka.mi	de	hi.ko.o.ki	o	o.ri.ma.su	
例 かみ 紙 卡.咪	で 爹	ひこうき 飛行機 喝伊.寇.～.克伊	を 歐	お 折ります 歐.里.媽.酥	。

格助詞：で（表示理由）

「で[de]」前接面表示事情的名詞，用那個名詞來表示後項結果的原因、理由，中文翻成「因為…」。

因為感冒所以沒去學校。

感冒	因為所以	學校	X	沒去	
ka.ze	de	ga.kko.o	o	ya.su.mi.ma.shi.ta	
例 かぜ 風邪 卡.瑞賊	で 爹	がっこう 学校 嘎.︿寇.～	を 歐	やす 休みました 呀.酥.咪.媽.西.它	。

因為地震所以電車停了下來。

地震	因為所以	電車	X	停了下來	
ji.shi.n	de	de.n.sha	ga	to.ma.ri.ma.shi.ta	
例 じしん 地震 基.西.恩	で 爹	でんしゃ 電車 爹.恩.蝦	が 嘎	と 止まりました 偷.媽.里.媽.西.它	。

格助詞：へ（表示方向）

「へ [e]」前面接跟場所有關的名詞，表示移動的方向，也指動作的到達點，可以跟「に」互換。請注意，「へ」當助詞的時候，要唸作 [e]，不是 [he] 喔！

方向、目的地＋へ(e)＋動詞

我去大學。

我	X	大學	X	去
wa.ta.shi	wa	da.i.ga.ku	e	i.ki.ma.su
私（わたし）	は	大学（だいがく）	へ	行（い）きます
哇.它.西	哇	答.伊.嘎.枯	耶	伊.克伊.媽.酥

例 私は大学へ行きます。

在那個街角左轉。

那個	街角	X	左	X	轉
so.no	ka.do	o	hi.da.ri	e	ma.ga.ri.ma.su
その	角（かど）	を	左（ひだり）	へ	曲（ま）がります
搜.諾	卡.都	歐	喝伊.答.里	耶	媽.嘎.里.媽.酥

例 その角を左へ曲がります。

格助詞：へ（表示動作的對象）

「へ [e]」前面接人，表示動作、作用的對象，中文可以翻成「給…」、「跟…」，也可以跟「に [ni]」互換。

寫信給老師。

例

老師	給	信	X	寄
se.n.se.e	e	te.ga.mi	o	da.shi.ma.su
先生（せんせい）	へ	手紙（てがみ）	を	出（だ）します。
誰.恩.誰.～	耶	貼.嘎.咪	歐	答.西.媽.酥

請代我跟您的父母問好。

例

您的父母	跟	好	代我問	請
go.ryo.o.shi.n	e	yo.ro.shi.ku	o.tsu.ta.e	ku.da.sa.i
ご両親（りょうしん）	へ	よろしく	お伝（つた）え	ください。
勾.溜.～.西.恩	耶	悠.摟.西.枯	歐.豬.它.耶	枯.答.沙.伊

整理一下

其他常用人物稱呼			
您丈夫 ご主人（しゅじん） [go.shu.ji.n]	尊夫人 奥（おく）さん [o.ku.sa.n]	男朋友 彼氏（かれし）／彼（かれ） [ka.re.shi/ka.re]	女朋友 彼女（かのじょ） [ka.no.jo]
朋友 友達（ともだち） [to.mo.da.chi]	孩子 子（こ）ども [ko.do.mo]	大家 皆（みな）さん [mi.na.sa.n]	自己 自分（じぶん） [ji.bu.n]

格助詞：と（表示並列）

「と [to]」表示幾個事物的名詞的並列。將想要敘述的主要東西，全部列舉出來，中文可以翻成「…和…」、「…與…」。

名詞＋と（to）＋名詞＋を（o）＋動詞

買 CD 和書。

CD	和	書	X	買
shi.i.di.i	to	ho.n	o	ka.i.ma.su
例 CD（シーディー）	と	本（ほん）	を	買（か）います。
西.～.低.～	偷	后.恩	歐	卡.伊.媽.酥

寄了信和包裹。

信	和	包裹	X	寄了
te.ga.mi	to	ko.zu.tsu.mi	o	o.ku.ri.ma.shi.ta
例 手紙（てがみ）	と	小包（こづつみ）	を	送（おく）りました。
貼.嘎.咪	偷	寇.茲.豬.咪	歐	歐.枯.里.媽.西.它

格助詞：と（表示對象）

「と [to]」前接人的時候，表示一起去做某動作的對象，中文可以翻成「跟…一起」；或是互相進行某動作的對象，如戀愛、結婚、吵架等等，中文可以翻成「跟…」。

要和山田小姐去旅行。

山田	小姐	和	旅行	X	要去	
ya.ma.da	sa.n	to	ryo.ko.o	ni	i.ki.ma.su	
例 山田（やまだ）	さん	と	旅行（りょこう）	に	行（い）きます	。
呀.媽.答	沙.恩	偷	溜.寇.～	尼	伊.克伊.媽.酥	

和他戀愛了。

他	和	戀愛	X	談了	
ka.re	to	ko.i	o	shi.ma.shi.ta	
例 彼（かれ）	と	恋（こい）	を	しました	。
卡.累	偷	寇.伊	歐	西.媽.西.它	

整理一下

日本人常見姓氏			
佐藤 佐藤（さとう） [sa.to.o]	鈴木 鈴木（すずき） [su.zu.ki]	高橋 高橋（たかはし） [ta.ka.ha.shi]	田中 田中（たなか） [ta.na.ka]
伊藤 伊藤（いとう） [i.to.o]	山本 山本（やまもと） [ya.ma.mo.to]	渡邊 渡辺（わたなべ） [wa.ta.na.be]	中村 中村（なかむら） [na.ka.mu.ra]

格助詞：から（表示起點）

「から [ka.ra]」表示範圍的起點。可以表示開始的時間；也可以表示開始的場所，中文可以翻成「從…」。

時間＋から (ka.ra)

地點＋から (ka.ra)

九點開始上課。

九點	從…開始	課	X	上
ku.ji	ka.ra	ju.gyo.o	o	ha.ji.me.ma.su
9時（くじ）	から	授業（じゅぎょう）	を	始（はじ）めます
枯.基	卡.拉	啾.克悠.～	歐	哈.基.妹.媽.酥

例 9時から授業を始めます。

我從台灣來。

我	X	台灣	從	來
wa.ta.shi	wa	ta.i.wa.n	ka.ra	ki.ma.shi.ta
私（わたし）	は	台湾（たいわん）	から	来（き）ました
哇.它.西	哇	它.伊.哇.恩	卡.拉	克伊.媽.西.它

例 私は台湾から来ました。

格助詞：まで（表示終點）

「まで[ma.de]」表示範圍的終點。可以表示結束的時間；也可以表示結束的場所，中文可以翻成「到…為止」。

時間＋まで (ma.de)

地點＋まで (ma.de)

明天睡到十點。

明天	X	十點	到	睡
a.shi.ta	wa	ju.u.ji	ma.de	ne.ma.su
明日（あした）	は	10時（じゅうじ）	まで	寝（ね）ます
阿.西.它	哇	啾.～.基	媽.爹	內.媽.酥

例 明日は10時まで寝ます。

馬拉松跑到公園為止。

馬拉松	X	公園	為止	跑到
ma.ra.so.n	de	ko.o.e.n	ma.de	ha.shi.ri.ma.shi.ta
マラソン	で	公園（こうえん）	まで	走（はし）りました
媽.拉.搜.恩	爹	寇.～.耶.恩	媽.爹	哈.西.里.媽.西.它

例 マラソンで公園まで走りました。

整理一下

「から」跟「まで」也可以合併使用	
9時（くじ）から11時（じゅういちじ）まで [ku.ji.ka.ra.ju.u.i.chi.ji.ma.de]	從九點到十一點
家（いえ）から駅（えき）まで [i.e.ka.ra.e.ki.ma.de]	從家裡到車站

助詞：の（修飾名詞）

「の [no]」在兩個名詞中間，讓前一個名詞，給後一個名詞增添了各種意思。有：所有者、內容說明、作成者、數量、同位語及位置基準等等，中文可以翻成「…的…」。

名詞＋の（no）＋名詞

這是李先生的書。

這	X	李	先	生的	書	是	
ko.re	wa	ri	sa.n	no	ho.n	de.su	
これ	は	李（り）	さん	の	本（ほん）	です	。
寇．累	哇	里	沙．恩	諾	后．恩	爹．酥	

例

韓國的料理很辣。

韓國	的	料理	X	很辣	X	
ka.n.ko.ku	no	ryo.o.ri	wa	ka.ra.i	de.su	
韓国（かんこく）	の	料理（りょうり）	は	辛（から）い	です	。
卡．恩．寇．枯	諾	溜．～．里	哇	卡．拉．伊	爹．酥	

例

助詞：の（準體助詞）

「の [no]」當準體助詞的時候，用來代替前面提到的動作或行為，也就是把用言變成體言。中文可以翻成「…的」。

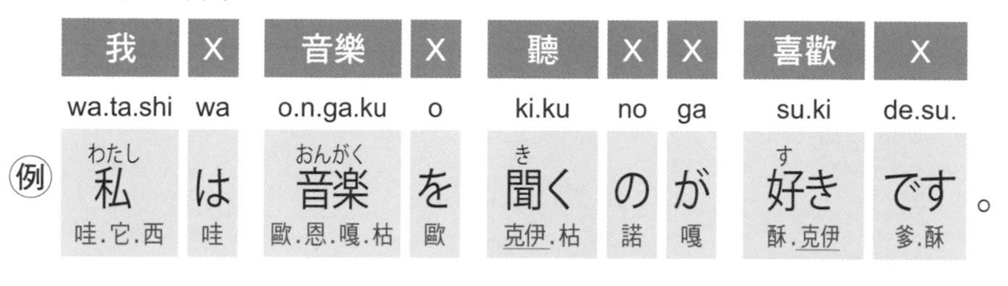

我喜歡聽音樂。

我	X	音樂	X	聽	X	X	喜歡	X
wa.ta.shi	wa	o.n.ga.ku	o	ki.ku	no	ga	su.ki	de.su.
私（わたし）	は	音楽（おんがく）	を	聞（き）く	の	が	好（す）き	です
哇.它.西	哇	歐.恩.嘎.枯	歐	克伊.枯	諾	嘎	酥.克伊	爹.酥

例 私は音楽を聞くのが好きです。

我買的是這個。

我	X	買	的	X	這個	是
wa.ta.shi	ga	ka.tta	no	wa	ko.re	de.su
私（わたし）	が	買（か）った	の	は	これ	です
哇.它.西	嘎	卡.ㄟ它	諾	哇	寇.累	爹.酥

例 私が買ったのはこれです。

Practice 練習 請依照中文意思，並從下列的語群中，選出最適當助詞，填入（　）完成日語句子。

語群　で／へ／と／から／まで／の

1. 在圖書館做作業。

　図書館（としょかん）（　　）宿題（しゅくだい）をします。

2. 出發去日本旅行。

　日本（にほん）（　　）旅行（りょこう）に出発（しゅっぱつ）します。

3. 袋子裡放錢包和手帕。

　かばんに財布（さいふ）（　　）ハンカチを入（い）れます。

4. 用竹子做杯子。

　竹（たけ）（　　）コップを作（つく）ります。

5. 從十點開始會議。

　10時（じゅうじ）（　　）会議（かいぎ）が始（はじ）まります。

6. 北海道的冬天很冷。

　北海道（ほっかいどう）（　　）冬（ふゆ）は寒（さむ）いです。

7. 用刀子切蛋糕。

　ナイフ（　　）ケーキを切（き）ります。

8. 店家營業到十二點。

　店（みせ）は12時（じゅうにじ）（　　）やっています。

Answer 答案

1. で	4. で	7. で
2. へ	5. から	8. まで
3. と	6. の	

助詞 3

開滿櫻花的隧道，真美！總有一天，一定要到日本賞櫻！看到美麗的櫻花，總是讓人佩服日本人很懂得造景，也很會照顧這些櫻花樹。「櫻花很漂亮」，這句話的日文會用句型「～は [wa] ～です [de.su]」，其中的「は」也是助詞。讓我們再來介紹其他的日語助詞吧。

學習重點

◉ 句型：～は [wa] ～です [de.su]
◉ 副助詞：も [mo]、だけ [da.ke]、など [na.do]
◉ 終助詞：か [ka]、よ [yo]、ね [ne]

先記住這些單字吧！

日文	唸法	中譯
□ 桜（さくら）	沙．枯．拉 sa.ku.ra	櫻花
□ きれい	克伊．累．～ ki.re.e	美
□ 寒い（さむい）	沙．母．伊 sa.mu.i	冷的
□ 姉（あね）	阿．內 a.ne	姊姊
□ 兄（あに）	阿．尼 a.ni	哥哥
□ 暇（ひま）	喝伊．媽 hi.ma	空閒
□ 机（つくえ）	豬．枯．耶 tsu.ku.e	書桌
□ ノート	諾．～．偷 no.o.to	筆記本
□ おもしろい	歐．某．西．摟．伊 o.mo.shi.ro.i	有意思，有趣的

句型：～は～です

助詞「は [wa]」接在名詞的後面，表示該名詞是主題。主題就是後面要敘述或判斷的對象，而這個要敘述或判斷的對象，只限於「は [wa]」所提示的範圍。接在句尾的「です [de.su」表示對主題的斷定或是說明，相當於中文的「是」。

主題＋は (wa)＋形容動詞詞幹＋です (de.su)

主題＋は (wa)＋形容詞＋です (de.su)

櫻花很美。

櫻花	X	很美	X
sa.ku.ra	wa	ki.re.e	de.su
桜（さくら）	は	きれい	です
沙．枯．拉	哇	克伊．累．～	爹．酥

例 桜（さくら）はきれいです。

冬天很冷。

冬天	X	很冷	X
fu.yu	wa	sa.mu.i	de.su
冬（ふゆ）	は	寒（さむ）い	です
夫．尤	哇	沙．母．伊	爹．酥

例 冬（ふゆ）は寒（さむ）いです。

副助詞：も

「も [mo]」表示並列，接在名詞後面，表示該名詞跟前句的人事物都是同類，中文翻成「…也…」、「都…」。

沒有姊姊也沒有哥哥。

姊姊	也	哥哥	也	沒有	
a.ne	mo	a.ni	mo	i.ma.se.n	
姉（あね）	も	兄（あに）	も	いません	。
阿.內	某	阿.尼	某	伊.媽.誰.恩	

例

今天和明天都有空。

今天	也	明天	也	空閒	X	
kyo.o	mo	a.shi.ta	mo	hi.ma	de.su	
今日（きょう）	も	明日（あした）	も	暇（ひま）	です	。
卡悠.～	某	阿.西.它	某	喝伊.媽	爹.酥	

例

整理一下

「～も～も」會接同類型的名詞	
本（ほん）もノートも～ [ho.n.mo.no.o.to.mo]	書和筆記本都…
りんごもみかんも～ [ri.n.go.mo.mi.ka.n.mo]	蘋果和橘子都…

副助詞：だけ

「だけ [da.ke]」表示只限於某範圍，除此以外沒有別的了，中文可以翻成「只」、「僅僅」。

只有讀了這本書。

這本	書	只有	讀了
ko.no	ho.n	da.ke	yo.mi.ma.shi.ta
この	本（ほん）	だけ	読（よ）みました
寇．諾	后．恩	答．克耶	悠．咪．媽．西．它

例 この本（ほん）だけ読（よ）みました。

只有花子來。

花子	只有	X	來
ha.na.ko	da.ke	ga	ki.ma.shi.ta
花子（はなこ）	だけ	が	来（き）ました
哈．那．寇	答．克耶	嘎	克伊．媽．西．它

例 花子（はなこ）だけが来（き）ました。

整理一下

「だけ」前面除了接物品、人，還可以接數量或時間等	
一（ひと）つだけ [hi.to.tsu.da.ke]	只有一個
1時間（いちじかん）だけ [i.chi.ji.ka.n.da.ke]	只有一小時

副助詞：など

通常和並列助詞「や[ya]」（和）一起使用。當列舉出幾個項目，但是沒有全部說完，可以用「など[na.do]」來強調這些沒有全部說完的部分，中文翻成「…等」。

動物園裡有長頸鹿等。

動物園	X	長頸鹿	等	X	有
do.o.bu.tsu.e.n	ni	ki.ri.n	na.do	ga	i.ma.su
動物園（どうぶつえん）	に	キリン	など	が	います
都.～.布.豬.耶.恩	尼	克伊.里.恩	那.都	嘎	伊.媽.酥

例 動物園にキリンなどがいます。

書桌上有筆記本等。

書桌	X	筆記本	等	X	有
tsu.ku.e	ni	no.o.to	na.do	ga	a.ri.ma.su
机（つくえ）	に	ノート	など	が	あります
豬.枯.耶	尼	諾.～.偷	那.都	嘎	阿.里.媽.酥

例 机にノートなどがあります。

整理一下

動物的日語說法			
狗 犬（いぬ） [i.nu]	貓 猫（ねこ） [ne.ko]	鳥 鳥（とり） [to.ri]	魚 魚（さかな） [sa.ka.na]
豬 豚（ぶた） [bu.ta]	大象 象（ぞう） [zo.o]	猴子 猿（さる） [sa.ru]	兔子 うさぎ [u.sa.gi]

終助詞：か

終助詞「か [ka]」表示懷疑或不確定。用在問別人自己想知道的事。中文可以翻成「嗎」、「呢」。

這是梅花嗎？

這	X	梅	的	花	是	嗎	
ko.re	wa	u.me	no	ha.na	de.su	ka	
これ	は	梅（うめ）	の	花（はな）	です	か	。
寇.累	哇	烏.妹	諾	哈.那	爹.酥	卡	

例 これは梅の花ですか。

你也會去嗎？

你	也	會去	嗎	
a.na.ta	mo	i.ki.ma.su	ka	
あなた	も	行（い）きます	か	。
阿.那.它	某	伊.克伊.媽.酥	卡	

例 あなたも行きますか。

整理一下

人稱代名詞			
你 あなた [a.na.ta]	我 私（わたし） [wa.ta.shi]	我（男性用） 僕（ぼく） [bo.ku]	他 彼（かれ） [ka.re]
她 彼女（かのじょ） [ka.no.jo]	你們 あなたたち [a.na.ta.ta.chi]	我們 私（わたし）たち [wa.ta.shi.ta.chi]	他們 彼（かれ）ら [ka.re.ra]

終助詞：よ

終助詞「よ [yo]」放在句子最後面，用在促使對方注意，或使對方接受自己的意見時。基本上使用在說話人認為對方不知道的事物。

這是梅花喔！

這	X	梅	的	花	是	喔
ko.re	wa	u.me	no	ha.na	de.su	yo
これ	は	梅（うめ）	の	花（はな）	です	よ
寇.累	哇	烏.妹	諾	哈.那	爹.酥	悠

例 これは梅の花ですよ。

那部電影很好看喔！

那部	電影	X	很好看	X	喔
so.no	e.e.ga	wa	o.mo.shi.ro.i	de.su	yo
その	映画（えいが）	は	おもしろい	です	よ
搜.諾	耶.～.嘎	哇	歐.某.西.摟.伊	爹.酥	悠

例 その映画はおもしろいですよ。

整理一下

與視聽娛樂相關的單字	
ドラマ [do.ra.ma]	電視劇
コンサート [ko.n.sa.a.to]	音樂會；演唱會
ミュージカル [mu.u.ji.ka.ru]	音樂劇
演劇（えんげき） [e.n.ge.ki]	舞台劇

終助詞：ね

終助詞「ね [ne]」放在句子最後面，表示跟對方做確認的語氣，表示徵求對方的同意。基本上使用在說話人認為對方也知道的事物。

這是梅花吧。

這	X	梅	的	花	是	吧
ko.re	wa	u.me	no	ha.na	de.su	ne
これ	は	梅（うめ）	の	花（はな）	です	ね
寇.累	哇	烏.妹	諾	哈.那	爹.酥	內

例 これは梅の花ですね。

這個料理很好吃喔。

這個	料理	X	很好吃	X	喔
ko.no	ryo.o.ri	wa	o.i.shi.i	de.su	ne
この	料理（りょうり）	は	おいしい	です	ね
寇.諾	溜.～.里	哇	歐.伊.西.～	爹.酥	內

例 この料理はおいしいですね。

MEMO

Practice 練習 請依照中文意思，並從下列的語群中，選出最適當助詞，填入（　）完成日語句子。

語群 は／も／だけ／など／か／よ／ね

1. 只有吃麵包。

　パン（　　）食(た)べました。

2. 今天是星期日喔！

　今日(きょう)は日曜日(にちようび)です（　　）。

3. 九月八日是星期日。

　9月8日(くがつようか)（　　）水曜日(すいようび)です。

4. 這是魚嗎？

　これは魚(さかな)です（　　）。

5. 山田先生跟鈴木先生都是醫生。

　山田(やまだ)さん（　　）鈴木(すずき)さん（　　）医者(いしゃ)です。

6. 今天非常熱耶。

　今日(きょう)はとても暑(あつ)いです（　　）。

7. 前天去了池袋等地方。

　おとといは池袋(いけぶくろ)（　　）へ行(い)きました。

Answer 答案

1. だけ
2. よ
3. は
4. か
5. も、も
6. ね
7. など

STEP 8

疑問句

每次去日本，走在街頭，人們的打扮、櫥窗的設計、電視的廣告等等，都會有讓人耳目一新的感覺，這就是日本人的生命力和創新精神讓人欣賞的地方。看到這些，您一定會有很多問題想問吧！趕快來學學疑問句，該怎麼說呢？

學習重點

- ◉ 名詞的疑問句
- ◉ 動詞的疑問句
- ◉ 形容詞的疑問句
- ◉ 形容動詞的疑問句

先記住這些單字吧！

日文	唸法	中譯
□ 会社員（かいしゃいん）	卡．伊．蝦．伊．恩 ka.i.sha.i.n	公司職員
□ はい	哈．伊 ha.i	是
□ いいえ	伊．～．耶 i.i.e	不是
□ パーティー	趴．～．踢．～ pa.a.ti.i.	派對
□ 朝ご飯（あさごはん）	阿．沙．勾．哈．恩 a.sa.go.ha.n	早餐
□ お父さん（おとうさん）	歐．偷．～．沙．恩 o.to.o.sa.n	父親
□ 元気（げんき）	給．恩．克伊 ge.n.ki	好，健康
□ 有名（ゆうめい）	尤．～．妹．～ yu.u.me.e	有名

名詞的疑問句

CD 37

在名詞句的最後面加上「か [ka]」，就變成疑問句了。疑問句的語調要提高一些，中文可以翻譯成「嗎」、「呢」。「名詞＋ですか [de.su.ka]」是名詞禮貌的肯定疑問形。

是公司職員嗎？

公司職員	是	嗎
ka.i.sha.i.n	de.su	ka
例 会社員（かいしゃいん）	です	か。
卡.伊.蝦.伊.恩	爹.酥	卡

是山田先生嗎？

山田	先生	是	嗎
ya.ma.da	sa.n	de.su	ka
例 山田（やまだ）	さん	です	か。
呀.媽.答	沙.恩	爹.酥	卡

名詞的疑問句的回答

如果要回答肯定的「是」，會先說「はい [ha.i]」；是否定的「不是」，會說「いいえ [i.i.e]」。回答疑問句時，如果主題示是對方清楚的，主題就可以省略。

是，是山田。

是	山田	是
ha.i	ya.ma.da	de.su
例 はい、	山田（やまだ）	です。
哈.伊	呀.媽.答	爹.酥

不，是山中。

不	山中	是
i.i.e	ya.ma.na.ka	de.su
例 いいえ、	山中（やまなか）	です。
伊.～.耶	呀.媽.那.卡	爹.酥

動詞的疑問句

表示人或事物的存在、動作、行為和作用的詞叫動詞。在動詞句的最後面加上「か [ka]」，表示問別人自己想知道的事，中文可以翻譯成「嗎」、「呢」。「V ＋ますか [ma.su.ka]」是動詞禮貌的肯定疑問形。

動詞ます形＋ますか
ma.su.ka

星期天要開派對嗎？

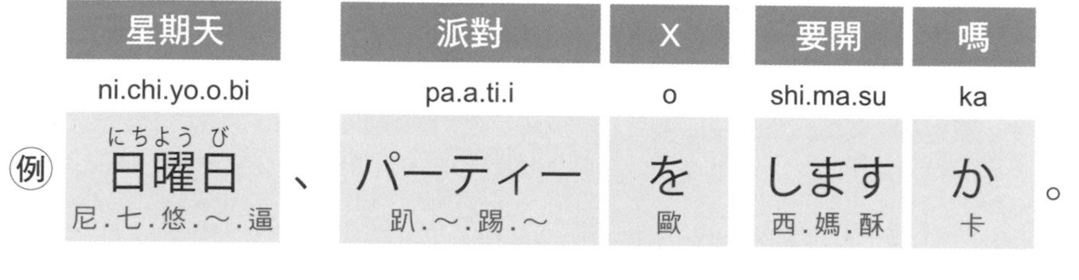

星期天		派對	X	要開	嗎	
ni.chi.yo.o.bi		pa.a.ti.i	o	shi.ma.su	ka	
例 日曜日（にちようび）	、	パーティー	を	します	か	。
尼.七.悠.～.逼		趴.～.踢.～	歐	西.媽.酥	卡	

要吃早餐嗎？

早餐	X	要吃	嗎	
a.sa.go.ha.n	o	ta.be.ma.su	ka	
例 朝ご飯（あさごはん）	を	食べます（た）	か	。
阿.沙.勾.哈.恩	歐	它.貝.媽.酥	卡	

形容詞的疑問句

形容詞是說明客觀事物的性質、狀態或主觀感情、感覺的詞。形容詞的詞尾是「い[i]」，「い[i]」的前面是詞幹，所以也可以叫做「い形容詞」喔！句尾加上「か[ka]」，也就成為「～は[wa]～（形容詞辭書形）ですか[de.su.ka]」這一形容詞禮貌的疑問句。

名詞＋は(wa)＋形容詞＋ですか(de.su.ka)

電視劇有趣嗎？

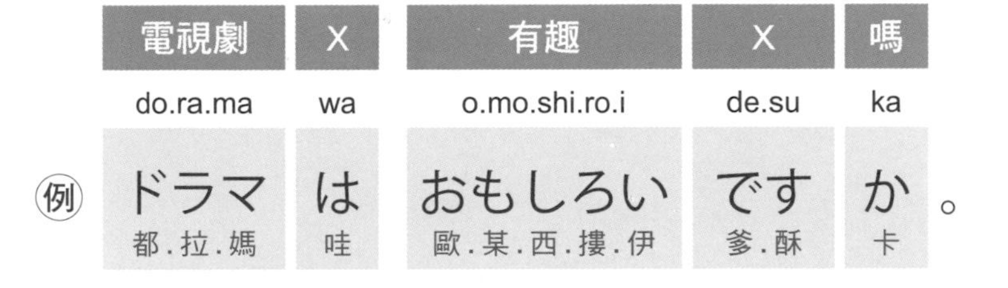

	電視劇	X	有趣	X	嗎	
	do.ra.ma	wa	o.mo.shi.ro.i	de.su	ka	
例	ドラマ 都.拉.媽	は 哇	おもしろい 歐.某.西.摟.伊	です 爹.酥	か 卡	。

這件衣服可愛嗎？

	這件	衣服	X	可愛	X	嗎	
	ko.no	fu.ku	wa	ka.wa.i.i	de.su	ka	
例	この 寇.諾	服（ふく） 夫.枯	は 哇	かわいい 卡.哇.伊.～	です 爹.酥	か 卡	。

形容動詞的疑問句

形容動詞是說明事物性質與狀態等的詞。形容動詞的詞尾是「だ[da]」，「だ[da]」前面是詞幹。後面接名詞時，詞尾會變成「な[na]」，所以形容動詞又稱作「な形容詞」喔！句尾加上「か[ka]」，也就成為「～は[wa]～（形容動詞詞幹）ですか[de.su.ka]」這一形容動詞禮貌的疑問句。

名詞＋は（wa）＋形容動詞詞幹＋ですか（de.su.ka）

父親好嗎？

父親	X	好	X	嗎
o.to.o.sa.n	wa	ge.n.ki	de.su	ka
お父（とう）さん	は	元気（げんき）	です	か
歐．偷．～．沙．恩	哇	給．恩．克伊	爹．酥	卡

例 お父さんは元気ですか。

晴空塔有名嗎？

晴空塔	X	有名	X	嗎
su.ka.i.tsu.ri.i	wa	yu.u.me.e	de.su	ka
スカイツリー	は	有名（ゆうめい）	です	か
酥．卡．伊．豬．里．～	哇	尤．～．妹．～	爹．酥	卡

例 スカイツリーは有名ですか。

Practice 練習 請依照中文意思，將下面的肯定句改成疑問句。

1. 李小姐是學生嗎？

李(り)さんは学生(がくせい)です。

→（　　　　　　　　　　　　　　　　）。

2. 木村先生也是醫生嗎？

木村(きむら)さんも医者(いしゃ)です。

→（　　　　　　　　　　　　　　　　）。

3. 要吸菸嗎？

たばこを吸(す)います。

→（　　　　　　　　　　　　　　　　）。

4. 要看電視劇嗎？

ドラマを見(み)ます。

→（　　　　　　　　　　　　　　　　）。

5. 台北 101 氣派嗎？

台北(タイペイ) 101(いちまるいち) は立派(りっぱ)です。

→（　　　　　　　　　　　　　　　　）。

6. 日本料理好吃嗎？

日本料理(にほんりょうり)はおいしいです。

→（　　　　　　　　　　　　　　　　）。

Answer 答案

1. 李(り)さんは学生(がくせい)ですか
2. 木村(きむら)さんも医者(いしゃ)ですか
3. たばこを吸(す)いますか
4. ドラマを見(み)ますか
5. 台北(タイペイ) 101(いちまるいち) は立派(りっぱ)ですか
6. 日本料理(にほんりょうり)はおいしいですか

STEP 9

肯定句與否定句

到日本想買戒指給女朋友，這時候很重要的說法有：「這戒指便宜」跟「這戒指不便宜」。這要怎麼說呢？別擔心，這一回我們來談談日語的肯定句與否定句的說法！

學習重點

- ◉ 名詞的肯定句與否定句
- ◉ 動詞的肯定句與否定句
- ◉ 形容詞的肯定句與否定句
- ◉ 形容動詞的肯定句與否定句

先記住這些單字吧！

日文	唸法	中譯
□ 勉強（べんきょう）・します	貝.恩.卡悠.～.西.媽.酥 be.n.kyo.o.shi.ma.su	學習
□ 雪（ゆき）	尤.克伊 yu.ki	雪
□ 降（ふ）ります	夫.里.媽.酥 fu.ri.ma.su	下（雪）
□ 新聞（しんぶん）	西.恩.布.恩 shi.n.bu.n	報紙
□ 読（よ）みます	悠.咪.媽.酥 yo.mi.ma.su	看，閱讀
□ 本屋（ほんや）	后.恩.呀 ho.n.ya	書店
□ 嫌（きら）い	克伊.拉.伊 ki.ra.i	討厭
□ 駅（えき）	耶.克伊 e.ki	車站
□ デパート	爹.趴.～.偷 de.pa.a.to	百貨公司

名詞的肯定句與否定句

CD 42

名詞敬體的肯定句跟否定句句型如下，表示某東西或某人，屬於什麼或不屬於什麼的時候。用「です [de.su]」，表示「是…」；否定用「ではありません [de.wa.a.ri.ma.se.n]」或「ではないです [de.wa.na.i.de.su]」，表示「不是…」。

名詞＋は（wa）＋名詞＋です（de.su）

名詞＋は（wa）＋名詞＋ではありません（de.wa.a.ri.ma.se.n）／ではないです（de.wa.na.i.de.su）

山田小姐是學生。

山田	小姐	X	學生	是	
ya.ma.da	sa.n	wa	ga.ku.se.e	de.su	
例 山田（やまだ）	さん	は	学生（がくせい）	です	。
呀.媽.答	沙.恩	哇	嘎.枯.誰.～	爹.酥	

山田小姐不是學生。

山田	小姐	X	學生	是	不	
ya.ma.da	sa.n	wa	ga.ku.se.e	de.wa	a.ri.ma.se.n	
例 山田（やまだ）	さん	は	学生（がくせい）	では	ありません	。
呀.媽.答	沙.恩	哇	嘎.枯.誰.～	爹.哇	阿.里.媽.誰.恩	

動詞的肯定句與否定句

動詞的肯定式敬體用「ます [ma.su]」；否定式的話，就要把「ます [ma.su]」改成「ません [ma.se.n]」。

名詞＋は（wa）／が（ga）＋動詞ます形＋ます（ma.su）
名詞＋は（wa）／が（ga）＋動詞ます形＋ません（ma.se.n）

花子唸書。

花子	X	唸書
ha.na.ko	wa	be.n.kyo.o.shi.ma.su
花子（はなこ） 哈.那.寇	は 哇	勉強（べんきょう）します 貝.恩.卡悠.～.西.媽.酥

例 花子は勉強します。

不會下雪。

雪	X	不會下
yu.ki	ga	fu.ri.ma.se.n
雪（ゆき） 尤.克伊	が 嘎	降（ふ）りません 夫.里.媽.誰.恩

例 雪が降りません。

「動詞ます」表示習慣的行為

每天去學校。

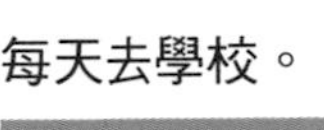

我每天早上看報紙。

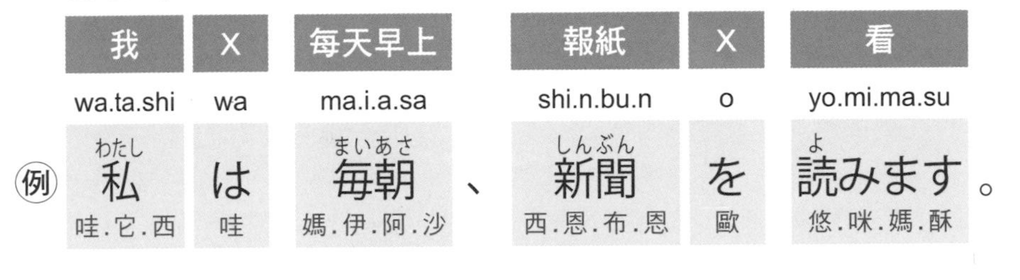

「動詞ます」表示現在的狀態

書店隔壁有花店。

李小姐在房間裡。

「動詞ます」表示未來的計畫或打算

明天山口小姐會來。

明天		山口	小姐	X	會來	
a.shi.ta		ya.ma.gu.chi	sa.n	ga	ki.ma.su	
例 明日（あした）	、	山口（やまぐち）	さん	が	来（き）ます	。
阿.西.它		呀.媽.估.七	沙.恩	嘎	克伊.媽.酥	

該怎麼區分「習慣行為」與「未來計畫」

前面提到「動詞ます」可以表示目前的習慣，也可能在說未來的事，那要怎麼區分呢？其實很簡單，從句中的關鍵字就知道了！想表達「習慣行為」時，常會跟「まいにち [ma.i.ni.chi] ／每天」、「いつも [i.tsu.mo] ／總是」等單字一起使用，如下面的例句；說的是「未來計畫」時，句子常出現表示未來的時間，譬如「あした [a.shi.ta] ／明天」、「らいねん [ra.i.ne.n] ／明年」等。

每天去公園。

每天		公園	X	去	
ma.i.ni.chi		ko.o.e.n	e	i.ki.ma.su	
例 毎日（まいにち）	、	公園（こうえん）	へ	行（い）きます	。
媽.伊.尼.七		寇.～.耶.恩	耶	伊.克伊.媽.酥	

形容詞的肯定句與否定句

形容詞的肯定敘述句敬體用句型「名詞＋は [wa] ＋形容詞＋です [de.su]」，來表示事物目前性質、狀態等。形容詞的否定式，是將詞尾「い [i]」轉變成「く [ku]」，然後再加上「ありません [a.ri.ma.se.n]」。

這只戒指很便宜。

這只	戒指	X	很便宜
ko.no	yu.bi.wa	wa	ya.su.i.de.su
この	指輪（ゆびわ）	は	安（やす）いです
寇.諾	尤.逼.哇	哇	呀.酥.伊.爹.酥

例 この指輪は安いです。

這只戒指不便宜。

這只	戒指	X	便宜	不
ko.no	yu.bi.wa	wa	ya.su.ku	a.ri.ma.se.n
この	指輪（ゆびわ）	は	安（やす）く	ありません
寇.諾	尤.逼.哇	哇	呀.酥.枯	阿.里.媽.誰.恩

例 この指輪は安くありません。

也可以用「形容詞く＋ないです」表示否定

形容詞的否定式，也可以將詞尾「い [i]」轉變成「く [ku]」， 然後再加上「ないです [na.i.de.su]」。

這只戒指不便宜。

這只	戒指	X	便宜	不
ko.no	yu.bi.wa	wa	ya.su.ku	na.i.de.su
この	指輪（ゆびわ）	は	安（やす）く	ないです
寇.諾	尤.逼.哇	哇	呀.酥.枯	那.伊.爹.酥

例 この指輪は安くないです。

Rule 04 形容動詞的肯定句與否定句

形容動詞的肯定敘述句，把詞尾「だ[da]」換成「です[de.su]」是敬體說法；形容動詞的否定式，是把詞尾「だ[da]」變成「で[de]」，然後中間插入「は[wa]」，最後加上「ありません[a.ri.ma.se.n]」或「ないです[na.i.de.su]」。

名詞＋は(wa)＋形容動詞詞幹＋です(de.su)

名詞＋は(wa)＋形容動詞詞幹＋ではありません(de.wa.a.ri.ma.se.n)／ではないです(de.wa.na.i.de.su)

我討厭那個人。

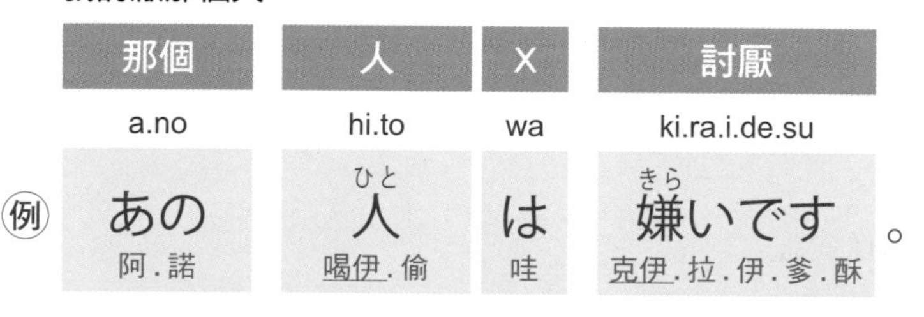

那個	人	X	討厭
a.no	hi.to	wa	ki.ra.i.de.su
あの	人（ひと）	は	嫌（きら）いです
阿.諾	喝伊.偷	哇	克伊.拉.伊.爹.酥

例 あの人（ひと）は嫌（きら）いです。

我的日文不好。

日文	X	好	X	不
ni.ho.n.go	wa	jo.o.zu	de.wa	na.i.de.su
日本語（にほんご）	は	上手（じょうず）	では	ないです
尼.后.恩.勾	哇	久.～.茲	爹.哇	那.伊.爹.酥

例 日本語（にほんご）は上手（じょうず）ではないです。

Practice 練習

問題 1 ～ 3 請用肯定句回答；問題 4 ～ 6 請用否定句回答。

1. A：令尊是醫生嗎？　B：是的，是醫生。

   A：お父(とう)さんは医者(いしゃ)ですか。

   B：はい、（　　　　　　　　　　　　）。

2. A：車站前面有百貨公司嗎？　B：是的，有。

   A：駅(えき)の前(まえ)にデパートはありますか。

   B：はい、（　　　　　　　　　　　　）。

3. A：那個房間漂亮嗎？　B：是的，很漂亮。

   A：その部屋(へや)はきれいですか。

   B：はい、（　　　　　　　　　　　　）。

4. A：你平常吃早餐嗎？　B：不，我平常不吃早餐。

   A：あなたはいつも朝(あさ)ご飯(はん)を食(た)べますか。

   B：いいえ、（　　　　　　　　　　　　）。

5. A：你是韓國人嗎？　B：不，不是韓國人。

   A：あなたは韓国人(かんこくじん)ですか。

   B：いいえ、（　　　　　　　　　　　　）。

6. A：房間狹小嗎？　B：不，不狹小。

   A：部屋(へや)は狭(せま)いですか。

   B：いいえ、（　　　　　　　　　　　　）。

Answer 答案

1. 医者(いしゃ)です
2. あります
3. きれいです
4. 私(わたし)はいつも朝(あさ)ご飯(はん)を食(た)べません／私(わたし)はいつも朝(あさ)ご飯(はん)を食(た)べないです
5. 韓国人(かんこくじん)ではありません／韓国人(かんこくじん)ではないです
6. 狭(せま)くないです／狭(せま)くありません

存在詞

這一回我們來介紹日語的存在詞。日語的存在詞，還分有「人、動物等生物的存在」跟「物品、建築物等非生物以及植物的存在」喔！蠻有趣的！

學習重點

◉ 有（物品、建築物等非生物及植物／人、動物等生物）

◉ 在…有（物品、建築物等非生物及植物／人、動物等生物）

◉ 場所位置詞相關

先記住這些單字吧！

CD 46

日　文	唸　法	中　譯
□ 雑誌（ざっし）	雜．︿西 za.sshi	雜誌
□ 木（き）	克伊 ki	樹木
□ 猫（ねこ）	內．寇 ne.ko	貓
□ 鉛筆（えんぴつ）	耶．恩．披．豬 e.n.pi.tsu	鉛筆
□ 冷蔵庫（れいぞうこ）	累．～．宙．～．寇 re.e.zo.o.ko	冰箱
□ ジュース	啾．～．酥 ju.u.su	果汁
□ 花（はな）	哈．那 ha.na	花
□ 子（こ）ども	寇．都．某 ko.do.mo	小孩

Rule 01 有（無生命物或植物／有生命的動物或人）

CD 47

表示無生命物或植物的存在用「あります [a.ri.ma.su]」；表示有生命的動物或人的存在用「います [i.ma.su]」。

有雜誌。

雜誌	X	有
za.sshi	ga	a.ri.ma.su
例 雑誌（ざっし） 雜.ㄟ西	が 嘎	あります。 阿.里.媽.酥

有樹木。

樹木	X	有
ki	ga	a.ri.ma.su
例 木（き） 克伊	が 嘎	あります。 阿.里.媽.酥

有貓。

貓	X	有
ne.ko	ga	i.ma.su
例 猫（ねこ） 內.寇	が 嘎	います。 伊.媽.酥

有學生。

學生	X	有
ga.ku.se.e	ga	i.ma.su
例 学生（がくせい） 嘎.枯.誰.～	が 嘎	います。 伊.媽.酥

存在句的疑問和回答

想問有沒有某種無生命物或植物時，只要在「あります [a.ri.ma.su]」後面加上「か [ka]」就行了。如果回答是肯定的，用「あります [a.ri.ma.su]」；但如果是否定的，就用「ありません [a.ri.ma.se.n]」。

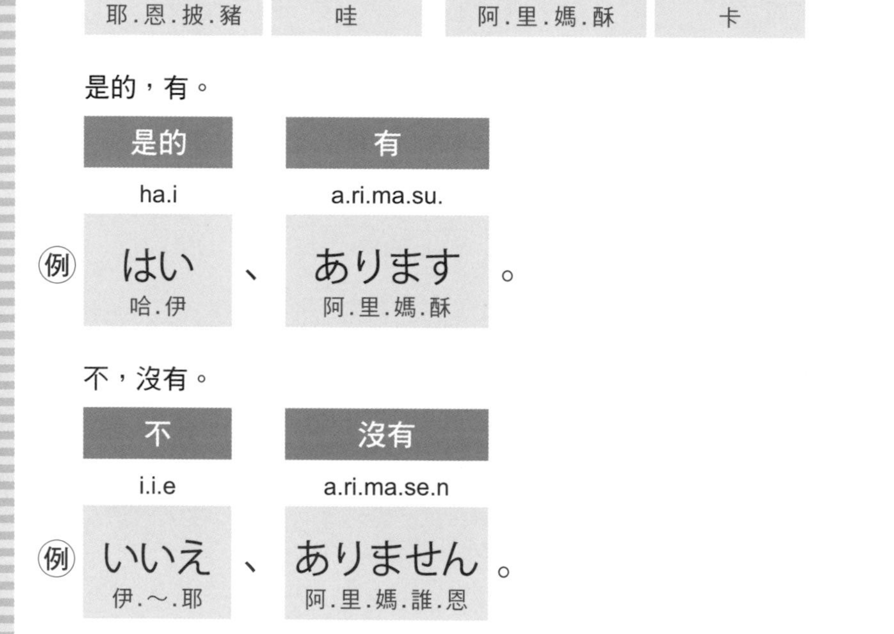

有鉛筆嗎？

鉛筆	X	有	嗎
e.n.pi.tsu	wa	a.ri.ma.su	ka
鉛筆（えんぴつ）	は	あります	か
耶.恩.披.豬	哇	阿.里.媽.酥	卡

例 鉛筆（えんぴつ）はありますか。

是的，有。

是的	有
ha.i	a.ri.ma.su.
はい	あります
哈.伊	阿.里.媽.酥

例 はい、あります。

不，沒有。

不	沒有
i.i.e	a.ri.ma.se.n
いいえ	ありません
伊.～.耶	阿.里.媽.誰.恩

例 いいえ、ありません。

問有生命的動物或人時用「います」

如果在問有生命的動物或人時，就會用「います [i.ma.su]」，後面加上「か [ka]」。回答是肯定的，用「います [i.ma.su]」；但回答是否定的，就用「いません [i.ma.se.n]」。

Rule 02 在…有（無生命物或植物／有生命的動物或人）

表示無生命物或植物存在某場所用「場所＋に [ni] ＋物＋が [ga] ＋あります [a.ri.ma.su]」這一句型；表示有生命的動物或人存在某場所就用「場所＋に [ni] ＋人＋が [ga] ＋います [i.ma.su]」這一句型。

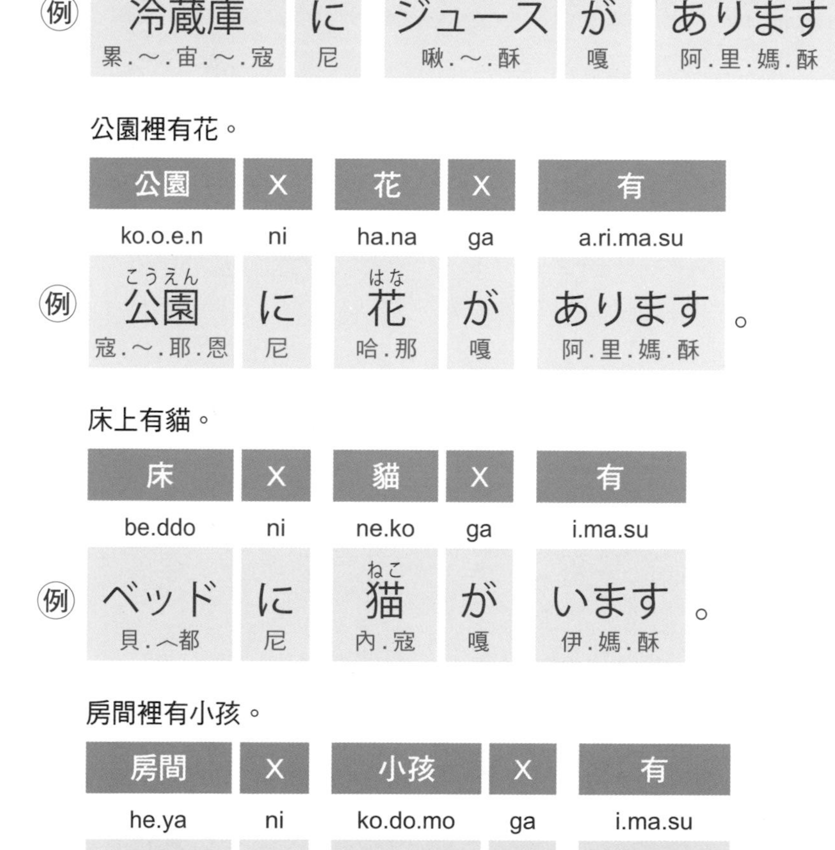

冰箱裡有果汁。

冰箱	X	果汁	X	有
re.e.zo.o.ko	ni	ju.u.su	ga	a.ri.ma.su
冷蔵庫（れいぞうこ）	に	ジュース	が	あります
累.～.宙.～.寇	尼	啾.～.酥	嘎	阿.里.媽.酥

例 冷蔵庫にジュースがあります。

公園裡有花。

公園	X	花	X	有
ko.o.e.n	ni	ha.na	ga	a.ri.ma.su
公園（こうえん）	に	花（はな）	が	あります
寇.～.耶.恩	尼	哈.那	嘎	阿.里.媽.酥

例 公園に花があります。

床上有貓。

床	X	貓	X	有
be.ddo	ni	ne.ko	ga	i.ma.su
ベッド	に	猫（ねこ）	が	います
貝.へ都	尼	內.寇	嘎	伊.媽.酥

例 ベッドに猫がいます。

房間裡有小孩。

房間	X	小孩	X	有
he.ya	ni	ko.do.mo	ga	i.ma.su
部屋（へや）	に	子（こ）ども	が	います
黑.呀	尼	寇.都.某	嘎	伊.媽.酥

例 部屋に子どもがいます。

場所位置詞相關

助詞「に [ni]」接在位置相關名詞後面，表示事物存在的場所和位置。

書桌上有手機。

書桌	的	上面	X	手機	X	有
tsu.ku.e	no	u.e	ni	ke.e.ta.i.de.n.wa	ga	a.ri.ma.su
机（つくえ）	の	上（うえ）	に	携帯電話（けいたいでんわ）	が	あります
豬.枯.耶	諾	烏.耶	尼	克耶.～.它.伊.爹.恩.哇	嘎	阿.里.媽.酥

例 机の上に携帯電話があります。

太郎的後面有狗。

太郎	的	後面	X	狗	X	有
ta.ro.o	no	u.shi.ro	ni	i.nu	ga	i.ma.su
太郎（たろう）	の	後ろ（うし）	に	犬（いぬ）	が	います
它.摟.～	諾	烏.西.摟	尼	伊.奴	嘎	伊.媽.酥

例 太郎の後ろに犬がいます。

整理一下

上面	下面	左邊	右邊
上（うえ）[u.e]	下（した）[shi.ta]	左（ひだり）[hi.da.ri]	右（みぎ）[mi.gi]
前面	後面	裡面	外面
前（まえ）[ma.e]	後ろ（うし）[u.shi.ro]	中（なか）[na.ka]	外（そと）[so.to]
東邊	西邊	南邊	北邊
東（ひがし）[hi.ga.shi]	西（にし）[ni.shi]	南（みなみ）[mi.na.mi]	北（きた）[ki.ta]

Practice 練習 句子被打散了，請依照中文意思，在（　　）內排出正確的順序。

1. 有便當。

ありります＝有；弁当（べんとう）＝便當；が＝X

→（　　　　　　　　　　　　　　　　）。

2. 有山田小姐。

が＝X；山田（やまだ）＝山田；さん＝小姐；います＝有

→（　　　　　　　　　　　　　　　　）。

3. 太郎在嗎？

います＝在；太郎（たろう）＝太郎；か＝嗎；は＝X

→（　　　　　　　　　　　　　　　　）。

4. 車站前面有佐佐木先生。

前（まえ）＝前面；に＝X；駅（えき）の＝車站的；います＝有；佐々木（ささき）さん＝佐佐木先生；が＝X

→（　　　　　　　　　　　　　　　　）。

5. 橫濱有中華街。

に＝X；横浜（よこはま）＝橫濱；が＝X；中華街（ちゅうかがい）＝中華街；あります＝在

→（　　　　　　　　　　　　　　　　）。

6. 山田先生的右邊有中山小姐。

中山（なかやま）さん＝中山小姐；が＝X；右（みぎ）＝右邊；います＝有；に＝X

→山田（やまだ）さんの（　　　　　　　　　　　　）。

Answer 答案

1. 弁当（べんとう）があります
2. 山田（やまだ）さんがいます
3. 太郎（たろう）はいますか
4. 駅（えき）の前（まえ）に佐々木（ささき）さんがいます
5. 横浜（よこはま）に中華街（ちゅうかがい）があります
6. 右（みぎ）に中山（なかやま）さんがいます

日語的常體

前幾單元介紹的是日語的敬體（又叫丁寧語），也就是「です・ます」的形式。敬體用在需要表示敬意的人，通常是自己的師長、公司上司、或是客戶。現在來介紹日語的常體用法（又叫普通體、基本形）。 常體不用「です・ます」，用在平時講話的時候，包括家人、朋友、後生晚輩、學校同學、甚至貓狗等寵物喔！

學習重點

◉ 動詞的常體
◉ 形容詞的常體
◉ 形容動詞的常體

先記住這些單字吧！

日文	唸法	中譯
□ はく	哈．枯 ha.ku	穿（鞋、襪等）
□ 掃除（そうじ）・する	搜．～．基．酥．魯 so.o.ji.su.ru	打掃
□ 来（く）る	枯．魯 ku.ru	來
□ すし	酥．西 su.shi	壽司
□ おいしい	歐．伊．西．～ o.i.shi.i	好吃的
□ 聞（き）く	克伊．枯 ki.ku	聽
□ 借（か）りる	卡．里．魯 ka.ri.ru	借（進來）
□ 財布（さいふ）	沙．伊．夫 sa.i.fu	錢包
□ 忘（わす）れる	哇．酥．累．魯 wa.su.re.ru	忘記
□ 青（あお）い	阿．歐．伊 a.o.i	藍色的

動詞的常體

CD 51

相對於「動詞ます形」，動詞常體說法比較隨便，一般用在關係非常親密的親友之間，或者是長輩對晚輩的使用。動詞常體又叫「基本形」或「辭書形」。

動詞三大類

分類		ます形	辭書形	中文
五段動詞（動詞的活用詞尾在五十音圖的「あ、い、う、え、お」五段上變化的叫五段動詞）		かいます [ka.i.ma.su]	かう [ka.u]	購買
		はきます [ha.ki.ma.su]	はく [ha.ku]	穿（鞋、襪等）
		はなします [ha.na.shi.ma.su]	はなす [ha.na.su]	說
		およぎます [o.yo.gi.ma.su]	およぐ [o.yo.gu]	游泳
		よみます [yo.mi.ma.su]	よむ [yo.mu]	閱讀
		あそびます [a.so.bi.ma.su]	あそぶ [a.so.bu]	玩耍
		まちます [ma.chi.ma.su]	まつ [ma.tsu]	等待
一段動詞（動詞的活用詞尾在五十音圖的「い段」上變化的叫上一段動詞；活用詞尾在五十音圖的「え段」上變化的叫下一段動詞）	上一段動詞	おきます [o.ki.ma.su]	おきる [o.ki.ru]	起來
		すぎます [su.gi.ma.su]	すぎる [su.gi.ru]	超過
		おちます [o.chi.ma.su]	おちる [o.chi.ru]	掉下
		みます [mi.ma.su]	みる [mi.ru]	看
	下一段動詞	たべます [ta.be.ma.su]	たべる [ta.be.ru]	吃
		あけます [a.ke.ma.su]	あける [a.ke.ru]	打開
		おしえます [o.shi.e.ma.su]	おしえる [o.shi.e.ru]	教導
		ねます [ne.ma.su]	ねる [ne.ru]	睡覺
不規則動詞	サ行變格動詞	します [shi.ma.su]	する [su.ru]	做
	カ行變格動詞	きます [ki.ma.su]	くる [ku.ru]	來

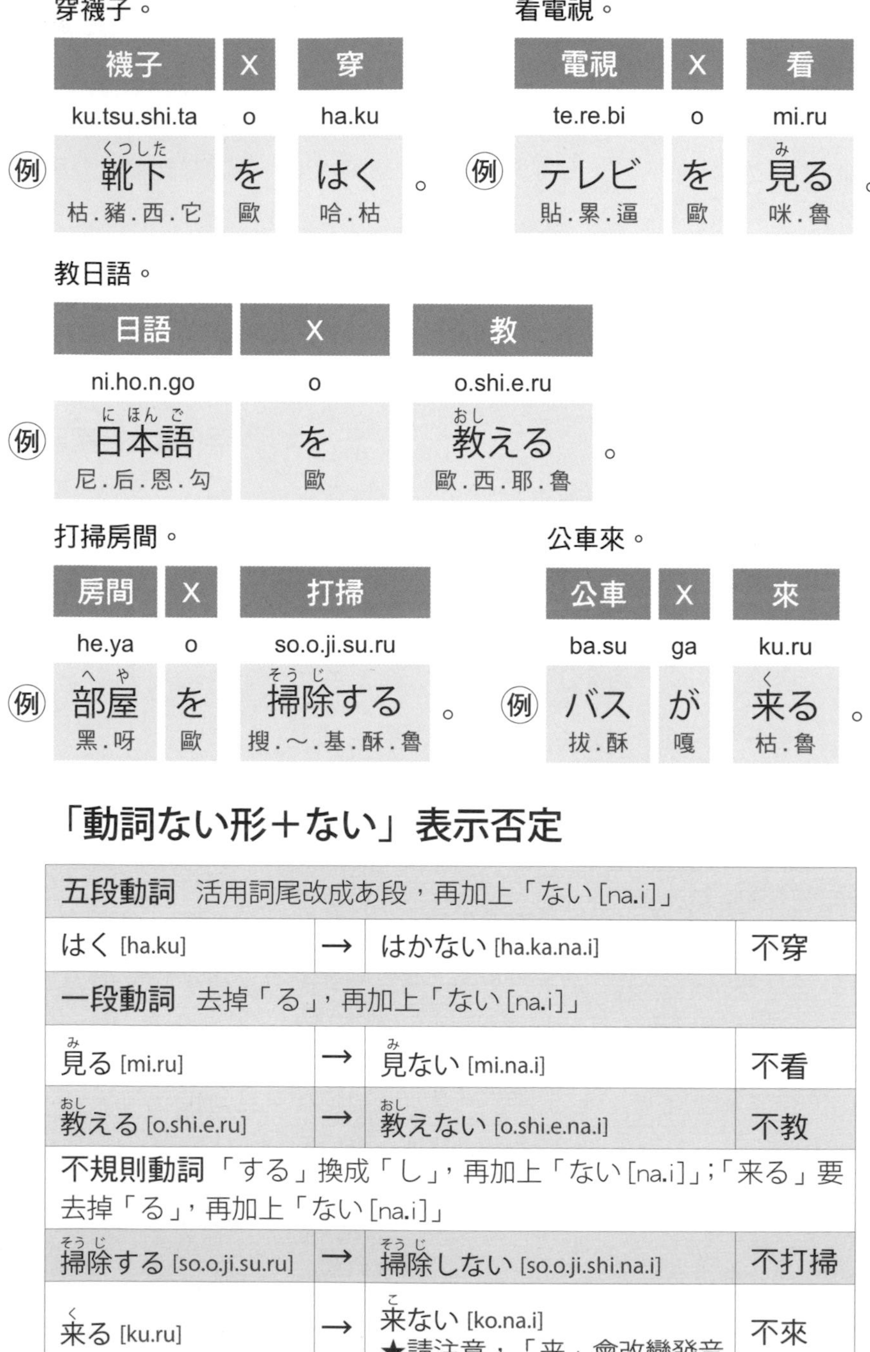

穿襪子。

襪子	X	穿
ku.tsu.shi.ta	o	ha.ku
靴下（くつした）	を	はく
枯.豬.西.它	歐	哈.枯

例 靴下をはく。

看電視。

電視	X	看
te.re.bi	o	mi.ru
テレビ	を	見（み）る
貼.累.逼	歐	咪.魯

例 テレビを見る。

教日語。

日語	X	教
ni.ho.n.go	o	o.shi.e.ru
日本語（にほんご）	を	教（おし）える
尼.后.恩.勾	歐	歐.西.耶.魯

例 日本語を教える。

打掃房間。

房間	X	打掃
he.ya	o	so.o.ji.su.ru
部屋（へや）	を	掃除（そうじ）する
黑.呀	歐	搜.～.基.酥.魯

例 部屋を掃除する。

公車來。

公車	X	來
ba.su	ga	ku.ru
バス	が	来（く）る
拔.酥	嘎	枯.魯

例 バスが来る。

「動詞ない形＋ない」表示否定

五段動詞　活用詞尾改成あ段，再加上「ない [na.i]」			
はく [ha.ku]	→	はかない [ha.ka.na.i]	不穿
一段動詞　去掉「る」，再加上「ない [na.i]」			
見（み）る [mi.ru]	→	見（み）ない [mi.na.i]	不看
教（おし）える [o.shi.e.ru]	→	教（おし）えない [o.shi.e.na.i]	不教
不規則動詞「する」換成「し」，再加上「ない [na.i]」；「来る」要去掉「る」，再加上「ない [na.i]」			
掃除（そうじ）する [so.o.ji.su.ru]	→	掃除（そうじ）しない [so.o.ji.shi.na.i]	不打掃
来（く）る [ku.ru]	→	来（こ）ない [ko.na.i] ★請注意，「来」會改變發音	不來

形容詞的常體

形容詞的常體就是指詞幹跟詞尾「い[i]」。形容詞詞幹指的是，「い[i]」前面不會變化的部分。請不要把「だ[da]」或「です[de.su]」當做形容詞的詞尾喔。

日本的冬天很冷。

	日本	的	冬天	X	很冷	
	ni.ho.n	no	fu.yu	wa	sa.mu.i	
例	日本（にほん）	の	冬（ふゆ）	は	寒（さむ）い	。
	尼.后.恩	諾	夫.尤	哇	沙.母.伊	

壽司好吃。

	壽司	X	好吃	
	su.shi	wa	o.i.shi.i	
例	すし	は	おいしい	。
	酥.西	哇	歐.伊.西.～	

整理一下

其他與氣候相關的形容詞	
暑（あつ）い [a.tsu.i]	熱的
暖（あたた）かい [a.ta.ta.ka.i]	溫暖的
其他與味道相關的形容詞	
まずい [ma.zu.i]	難吃的
甘（あま）い [a.ma.i]	甜的
辛（から）い [ka.ra.i]	辣的

Rule 03 形容動詞的常體

形容動詞的常體就是指詞幹跟詞尾「だ[da]」。形容動詞詞幹指的是，「だ[da]」前面不會變化的部分。

星星很美。

星星	X	很美
ho.shi	ga	ki.re.e.da
星(ほし)	が	きれいだ
后．西	嘎	克伊．累．～．答

例 星(ほし)がきれいだ。

今天有空。

今天	X	有空
kyo.o	wa	hi.ma.da
今日(きょう)	は	暇(ひま)だ
卡悠．～	哇	喝伊．媽．答

例 今日(きょう)は暇(ひま)だ。

用字典查形容動詞，大多只寫詞幹

用日語字典查形容詞的時候，查到的字詞包括詞幹跟詞尾。但是，查形容動詞時，查到的字詞大多只寫詞幹喔！舉例來說，查形容動詞「きれい[ki.re.e]」時，通常指會寫「きれい[ki.re.e]」，而不是「きれいだ[ki.re.e.da]」。

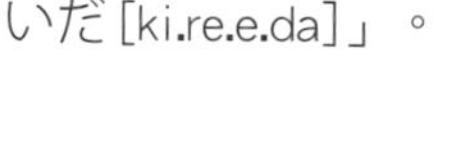

Practice 練習　請將下列句子的敬體，改成常體。

1. 聽音樂。

音楽（おんがく）を聞（き）きます。

→（　　　　　　　　　　　　　　　　）。

2. 借鉛筆。

鉛筆（えんぴつ）を借（か）ります。

→（　　　　　　　　　　　　　　　　）。

3. 忘記錢包。

財布（さいふ）を忘（わす）れます。

→（　　　　　　　　　　　　　　　　）。

4. 學習日語。

日本語（にほんご）を勉強（べんきょう）します。

→（　　　　　　　　　　　　　　　　）。

5. 天空很藍。

空（そら）が青（あお）いです。

→（　　　　　　　　　　　　　　　　）。

6. 朋友是重要的。

友達（ともだち）は大切（たいせつ）です。

→（　　　　　　　　　　　　　　　　）。

Answer 答案

1. 音楽（おんがく）を聞（き）く
2. 鉛筆（えんぴつ）を借（か）りる
3. 財布（さいふ）を忘（わす）れる
4. 日本語（にほんご）を勉強（べんきょう）する
5. 空（そら）が青（あお）い
6. 友達（ともだち）は大切（たいせつ）だ

MEMO

PART3 打好日語基礎

名詞・動詞・形容詞・形容動詞的過去式

中文只要加個字就會變成過去式，但是日文的過去式是有變化的，不管是名詞、動詞、還是形容詞都有專屬於他們的過去式喔！過去式表示過去的經驗，例如：「昨天去了日光。」要怎麼說呢？

學習重點

- ◉ 名詞句的過去式
- ◉ 動詞的過去式
- ◉ 形容詞的過去式
- ◉ 形容動詞的過去式

先記住這些單字吧！

日文	唸法	中譯
□ 昨日（きのう）	克伊.諾.～ ki.no.o	昨天
□ 雨（あめ）	阿.妹 a.me	雨
□ お昼（ひる）	歐.喝伊.魯 o.hi.ru	午餐；中午
□ カレー	卡.累.～ ka.re.e	咖哩
□ 先週（せんしゅう）	誰.恩.西烏.～ se.n.shu.u	上個星期
□ 休み（やす）	呀.酥.咪 ya.su.mi	休假
□ 行く（い）	伊.枯 i.ku	去
□ 暑い（あつ）	阿.豬.伊 a.tsu.i	熱的
□ 町（まち）	媽.七 ma.chi	城鎮
□ にぎやか	尼.哥伊.呀.卡 ni.gi.ya.ka	熱鬧
□ 母（はは）	哈.哈 ha.ha	媽媽
□ 晴れ（は）	哈.累 ha.re	晴天

名詞句的過去式

CD 55

名詞句的過去肯定式敬體，是將「です [de.su]」改成「でした [de.shi.ta]」；過去否定式則是將「ではありません [de.wa.a.ri.ma.se.n]」後面加上「でした [de.shi.ta]」。

昨天下了雨。

昨天	X	雨	X
ki.no.o	wa	a.me	de.shi.ta
昨日（きのう）	は	雨（あめ）	でした
克伊.諾.～	哇	阿.妹	爹.西.它

例 昨日は雨でした。

午餐不是吃咖哩。

午餐	X	咖哩	X	不是
o.hi.ru	wa	ka.re.e	de.wa	a.ri.ma.se.n.de.shi.ta
お昼（ひる）	は	カレー	では	ありませんでした
歐.喝伊.魯	哇	卡.累.～	爹.哇	阿.里.媽.誰.恩.爹.西.它

例 お昼はカレーではありませんでした。

也可以用「名詞＋ではなかったです」表示否定

名詞句的過去否定式敬體，也可以將「ではありません [de.wa.a.ri.ma.se.n]」改成「ではなかったです [de.wa.na.ka.tta.de.su]」。

上星期天沒有休假。

上星期	的	星期天	X	休假	X	沒有	X
se.n.shu.u	no	ni.chi.yo.o.bi	wa	ya.su.mi	de.wa	na.ka.tta	de.su
先週（せんしゅう）	の	日曜日（にちようび）	は	休み（やす）	では	なかった	です
誰.恩.西烏.～	諾	尼.七.悠.～.逼	哇	呀.酥.咪	爹.哇	那.卡.ㄟ它	爹.酥

例 先週の日曜日は休みではなかったです。

動詞的過去式

動詞的過去肯定式敬體用「ました[ma.shi.ta]」；動詞過去否定式敬體的話，就要用「ませんでした[ma.se.n.de.shi.ta]」。

（名詞＋は／が＋）動詞ます形＋ました
wa ga ma.shi.ta

（名詞＋は／が＋）動詞ます形＋ませんでした
wa ga ma.se.n.de.shi.ta

昨天去了日光。

昨天		日光	X	去了	
ki.no.o		ni.kko.o	ni	i.ki.ma.shi.ta	
例 昨日（きのう）	、	日光（にっこう）	に	行（い）きました	。
克伊.諾.～		尼.︿寇.～	尼	伊.克伊.媽.西.它	

上個星期沒有下雨。

上個星期	X	雨	X	沒有下	
se.n.shu.u	wa	a.me	ga	fu.ri.ma.se.n.de.shi.ta	
例 先週（せんしゅう）	は	雨（あめ）	が	降（ふ）りませんでした	。
誰.恩.西烏.～	哇	阿.妹	嘎	夫.里.媽.誰.恩.爹.西.它	

整理一下

	肯定形	否定形
現在／未來	V＋ます [ma.su]	V＋ません [ma.se.n]
過去	V＋ました [ma.shi.ta]	V＋ませんでした [ma.se.n.de.shi.ta]

Rule 03 形容詞的過去式

形容詞的過去肯定，是將詞尾「い[i]」改成「かっ[ka]」再加上「た[ta]」，用敬體時「かった[ka.tta]」後面要再接「です[de.su]」；形容詞的過去否定，是將詞尾「い[i]」改成「く[ku]」，再加上「ありませんでした[a.ri.ma.se.n.de.shi.ta]」。

昨天很熱。

昨天	X	很熱	X	
ki.no.o	wa	a.tsu.ka.tta	de.su	
例 昨日（きのう）	は	暑（あつ）かった	です	。
克伊.諾.～	哇	阿.豬.卡.︿它	爹.酥	

午餐不好吃。

午餐	X		好吃	不	
hi.ru.go.ha.n	wa		o.i.shi.ku	a.ri.ma.se.n.de.shi.ta	
例 昼（ひる）ご飯（はん）	は	、	おいしく	ありませんでした	。
喝伊.魯.勾.哈.恩	哇		歐.伊.西.枯	阿.里.媽.誰.恩.爹.西.它	

也可以用「形容詞詞幹＋くなかったです」表示否定

形容詞的過去否定式，也可以將詞尾「い [i]」改成「く [ku]」，接著把現在否定式的「ない[na.i]」改成「なかっ [na.ka]」，然後加上「た [ta]」，用敬體時「なかった [na.ka.tta]」後面要再接「です [de.su]」。

昨天不忙。

昨天	X	忙	不
ki.no.o	wa	i.so.ga.shi.ku	na.ka.tta.de.su

例 昨日（きのう）は忙（いそが）しくなかったです。

克伊.諾.～　哇　伊.搜.嘎.西.枯　那.卡.ㄟ它.爹.酥

整理一下

	肯定形	否定形 1	否定形 2
現在／未來	A いです [i.de.su]	A くありません [ku.a.ri.ma.se.n]	A くないです [ku.na.i.de.su]
過去	A かったです [ka.tta.de.su]	A くありませんでした [ku.a.ri.ma.se.n.de.shi.ta]	A くなかったです [ku.na.ka.tta.de.su]

形容動詞的過去式

形容動詞的過去肯定，是將現在肯定詞尾「だ[da]」變成「だっ[da]」再加上「た[ta]」，敬體是將詞尾「だ[da]」換成「でし[de.shi]」再加上「た[ta]」；形容動詞過去否定式，是將現在否定的「ではありません[de.wa.a.ri.ma.se.n]」後接「でした[de.shi.ta]」。

昨天很閒。

昨天	X	很閒	X
ki.no.o	wa	hi.ma	de.shi.ta
昨日（きのう）	は	暇（ひま）	でした
克伊.諾.～	哇	喝伊.媽	爹.西.它

例 昨日（きのう）は暇（ひま）でした。

這個城鎮以前不熱鬧。

這個	城鎮	X	熱鬧	X	以前不
ko.no	ma.chi	wa	ni.gi.ya.ka	de.wa	a.ri.ma.se.n. de.shi.ta
この	町（まち）	は	にぎやか	では	ありません でした
寇.諾	媽.七	哇	尼.哥伊.呀.卡	爹.哇	阿.里.媽.誰.恩. 爹.西.它

例 この町（まち）はにぎやかではありませんでした。

也可以用「形容動詞詞幹＋ではなかったです」表示否定

形容動詞的過去否定式，也可以將現在否定式的「ではない [de.wa.na.i]」改成「ではなかつ [de.wa.na.ka]」，然後加上「た [ta]」，用敬體時「ではなかった [de.wa.na.ka.tta]」後面要再接「です [de.su]」。

媽媽沒精神。

媽媽	X	精神	X	沒
ha.ha	wa	ge.n.ki	de.wa	na.ka.tta.de.su

例 母（はは）は元気（げんき）ではなかったです。

母	は	元気	では	なかったです
哈．哈	哇	給．恩．克伊	爹．哇	那．卡．ㄟ它．爹．酥

整理一下

	肯定形	否定形 1	否定形 2
現在／未來	NA です [de.su]	NA ではありません [de.wa.a.ri.ma.se.n]	NA ではないです [de.wa.na.i.de.su]
過去	NA でした [de.shi.ta]	NA ではありませんでした [de.wa.a.ri.ma.se.n.de.shi.ta]	NA ではなかったです [de.wa.na.ka.tta.de.su]

Practice 練習

過去式要有過去式的形式喔！請將下列句子畫底線的部份，改成過去式。

1. 昨天是晴天嗎？

昨日（きのう）は晴（は）れですか。

→（　　　　　　　　　　　　）

2. 不，不是晴天。

いいえ、晴（は）れではありません。

→（　　　　　　　　　　　　）

3. 看了今天早上的新聞。

今朝（けさ）のニュースを見（み）ます。

→（　　　　　　　　　　　　）

4. 去年很冷。

去年（きょねん）は寒（さむ）いです。

→（　　　　　　　　　　　　）

5. 昨天的電影沒意思。

昨日（きのう）の映画（えいが）はおもしろくありません。

→（　　　　　　　　　　　　）

6. 這條路以前並不冷清。

この道（みち）は静（しず）かではありません。

→（　　　　　　　　　　　　）

Answer 答案

1. 晴（は）れでした
2. 晴（は）れではありませんでした／晴（は）れではなかったです
3. 見（み）ました
4. 寒（さむ）かったです
5. おもしろくありませんでした／おもしろくなかったです
6. 静（しず）かではありませんでした／静（しず）かではなかったです

疑問代名詞

「疑問詞」像一個偶像團體，成員有 5W1H，但其中一個成員 Where （どこ [do.ko] ／哪裡）在「指示代名詞」已經出場過了，所以這一回要介紹的是其他成員 4W1H。

學習重點

◉ いつ [i.tsu]= 什麼時候
◉ だれ [da.re]、どなた [do.na.ta]= 誰
◉ なに [na.ni]、なん [na.n]= 什麼
◉ なぜ [na.ze]、どうして [do.o.shi.te]、なんで [na.n.de]= 為什麼
◉ どう [do.o]、いかが [i.ka.ga]= 如何

先記住這些單字吧！

日文	唸法	中譯
□ 着(つ)く	豬．枯 tsu.ku	到達
□ 仕事(しごと)	西．勾．偷 shi.go.to	工作
□ 終(お)わる	歐．哇．魯 o.wa.ru	結束
□ 人(ひと)	喝伊．偷 hi.to	人
□ 今(いま)	伊．媽 i.ma	現在
□ お茶(ちゃ)	歐．洽 o.cha	茶
□ 会(あ)う	阿．烏 a.u	見面
□ カメラ	卡．妹．拉 ka.me.ra	相機

いつ＝什麼時候

CD 60

「いつ [i.tsu]」用來問不確定的時間點，相當於英文的「when」，中文可以翻譯成「何時」、「什麼時候」。

什麼時候到家呢？

	什麼時候	家	X	到	呢	
	i.tsu	i.e	ni	tsu.ki.ma.su	ka	
例	いつ	家（いえ）	に	着（つ）きます	か	。
	伊.豬	伊.耶	尼	豬.克伊.媽.酥	卡	

工作什麼時候結束呢？

	什麼時候	工作	X	結束	呢	
	i.tsu	shi.go.to	ga	o.wa.ri.ma.su	ka	
例	いつ	仕事（しごと）	が	終（お）わります	か	。
	伊.豬	西.勾.偷	嘎	歐.哇.里.媽.酥	卡	

回答會用「時間＋です」

七點。

	七點	X	
	shi.chi.ji	de.su	
例	7時（しちじ）	です	。
	西.七.基	爹.酥	

Rule 02 だれ＝誰

「だれ [da.re]」是詢問不知道名字的人，或不知道是哪個人，相當於英文的「who」，中文可以翻譯成「誰」。

那個人是誰呢？

那個	人	X	誰	是	呢
a.no	hi.to	wa	da.re	de.su	ka
あの	人（ひと）	は	誰（だれ）	です	か。
阿.諾	喝伊.偷	哇	答.累	爹.酥	卡

房間裡有誰在呢？

房間	X	誰	X	在	呢
he.ya	ni	da.re	ga	i.ma.su	ka
部屋（へや）	に	誰（だれ）	が	います	か。
黑.呀	尼	答.累	嘎	伊.媽.酥	卡

「どなた」是比較客氣的說法

「どなた [do.na.ta]」和「だれ [da.re]」一樣是不定稱，但是比「だれ [da.re]」說法還要客氣，中文可以翻譯成「哪位…」。

您是哪位呢？

您	X	哪位	是	呢
a.na.ta	wa	do.na.ta	de.su	ka
あなた	は	どなた	です	か。
阿.那.它	哇	都.那.它	爹.酥	卡

なに、なん＝什麼

「何（なに [na.ni]）／（なん [na.n]）」代替名稱或情況不瞭解的事物，或用在詢問數字時，相當於英文的「what」。一般而言，表示「什麼東西」時，讀作「なに [na.ni]」；表示「多少」時，讀作「なん」。但是，「何だ（なんだ [na.n.da]）」、「何の（なんの [na.n.no]）」一般要讀作「なん [na.n]」。

明天要做什麼呢？

	明天		什麼	X	要做	呢	
	a.shi.ta		na.ni	o	shi.ma.su	ka	
例	明日（あした） 阿.西.它	、	何（なに） 那.尼	を 歐	します 西.媽.酥	か 卡	。

那是什麼呢？

	那	X	什麼	是	呢	
	so.re	wa	na.n	de.su	ka	
例	それ 搜.累	は 哇	何（なん） 那.恩	です 爹.酥	か 卡	。

現在幾點呢？

	現在		幾點	X	呢	
	i.ma		na.n.ji	de.su	ka	
例	今（いま） 伊.媽	、	何時（なんじ） 那.恩.基	です 爹.酥	か 卡	。

なぜ、どうして＝為什麼

「なぜ [na.ze]」跟「どうして [do.o.shi.te]」一樣，都是詢問理由的疑問詞，相當於英文的「why」，中文可以翻譯成「為什麼」。

為什麼要學習日語呢？

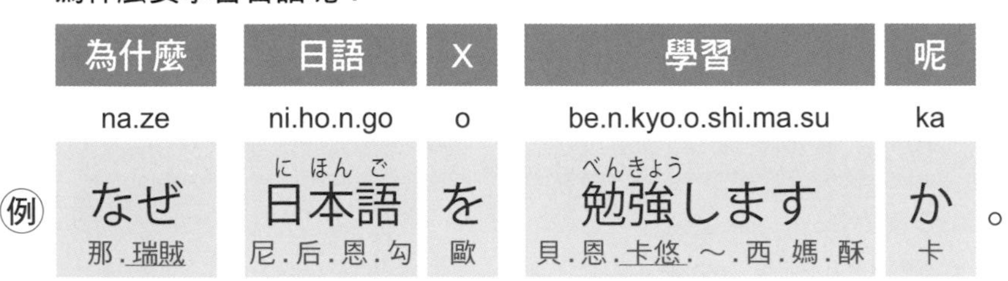

為什麼	日語	X	學習	呢
na.ze	ni.ho.n.go	o	be.n.kyo.o.shi.ma.su	ka
なぜ	日本語（にほんご）	を	勉強（べんきょう）します	か
那.瑞賊	尼.后.恩.勾	歐	貝.恩.卡悠.～.西.媽.酥	卡

例 なぜ日本語を勉強しますか。

為什麼不吃飯呢？

為什麼	飯	X	不吃	X	呢
do.o.shi.te	go.ha.n	o	ta.be.na.i	de.su	ka
どうして	ご飯（はん）	を	食（た）べない	です	か
都.～.西.貼	勾.哈.恩	歐	它.貝.那.伊	爹.酥	卡

例 どうしてご飯を食べないですか。

「なんで」是更口語的說法

為什麼會討厭那個人呢？

為什麼	那個	人	X	討厭	X	呢
na.n.de	a.no	hi.to	ga	ki.ra.i	de.su	ka
なんで	あの	人（ひと）	が	嫌（きら）い	です	か
那.恩.爹	阿.諾	喝伊.偷	嘎	克伊.拉.伊	爹.酥	卡

例 なんであの人が嫌いですか。

どう、いかが＝怎麼

「どう [do.o]」詢問對方的想法及對方的健康狀況，還有不知道情況是如何或該怎麼做等，相當於英文的「how」。「いかが [i.ka.ga]」跟「どう [do.o]」一樣，只是說法更有禮貌。中文可以翻譯成「如何」、「怎麼樣」。

考試考得怎麼樣？

考試	X	怎麼樣	X	呢
te.su.to	wa	do.o	de.shi.ta	ka
テスト	は	どう	でした	か。
貼.酥.偷	哇	都.～	爹.西.它	卡

例

旅行玩得怎麼樣？

旅行	X	怎麼樣	X	呢
ryo.ko.o	wa	do.o	de.shi.ta	ka
旅行（りょこう）	は	どう	でした	か。
溜.寇.～	哇	都.～	爹.西.它	卡

例

也可以表示勸誘

另外，「いかが [i.ka.ga]」跟「どう [do.o]」也可以用在勸誘對方做某事。

要不要來杯茶？

茶	X	要不要來杯	X	呢
o.cha	o	i.ka.ga	de.su	ka
お茶（ちゃ）	を	いかが	です	か。
歐.洽	歐	伊.卡.嘎	爹.酥	卡

例

請依照中文意思，並從下列的語群中，選出疑問詞，請在（　）完成日語句子。

語群 いつ／誰（だれ）／何（なん）／どうして／いかが

1. 為什麼昨天沒有來呢？

（　　　　　　）昨日（きのう）来（こ）なかったですか。

2. 從事什麼工作呢？

仕事（しごと）は（　　　　　　）ですか。

3. 什麼時候跟鈴木先生見了面呢？

（　　　　　　）鈴木（すずき）さんに会（あ）いましたか。

4. 要不要喝杯咖啡呢？

コーヒーを１杯（いっぱい）（　　　　　　）ですか。

5. 這是誰的照相機呢？

これは（　　　　　　）のカメラですか。

1. どうして
2. 何（なん）
3. いつ
4. いかが
5. 誰（だれ）

修飾名詞

您會到日本結婚嗎？「結婚對象」（動詞＋名詞）、「有趣的地方」（形容詞＋名詞）等，要怎麼説呢？這一回讓我們來看看如何用動詞、形容詞或形動容詞修飾名詞喔！

學習重點
- ◉ 動詞修飾名詞
- ◉ 形容詞修飾名詞
- ◉ 形容動詞修飾名詞

先記住這些單字吧！

CD 65

日文	唸法	中譯
□ 作る（つく）	豬．枯．魯 tsu.ku.ru	做（料理）
□ 時間（じかん）	基．卡．恩 ji.ka.n	時間
□ 場所（ばしょ）	拔．休 ba.sho	場所
□ りんご	里．恩．勾 ri.n.go	蘋果
□ 駅前（えきまえ）	耶．克伊．媽．耶 e.ki.ma.e	車站前面
□ 店（みせ）	咪．誰 mi.se	店家
□ 静か（しず）	西．茲．卡 shi.zu.ka	安靜
□ すてき	酥．貼．克伊 su.te.ki	很棒
□ 服（ふく）	夫．枯 fu.ku	衣服
□ 白い（しろ）	西．摟．伊 shi.ro.i	白色的
□ 帽子（ぼうし）	剝．～．西 bo.o.shi	帽子
□ 高い（たか）	它．卡．伊 ta.ka.i	昂貴的

動詞修飾名詞

CD 66

動詞的普通形，可以直接修飾名詞，中文可以翻譯成「…的…」。

動詞基本形＋名詞

沒有做菜的時間。

菜	X	做	時間	X	沒有	
ryo.o.ri	o	tsu.ku.ru	ji.ka.n	ga	a.ri.ma.se.n	
例 料理（りょうり）	を	作（つく）る	時間（じかん）	が	ありません	。
溜.～.里	歐	豬.枯.魯	基.卡.恩	嘎	阿.里.媽.誰.恩	

舉辦音樂會的場地在哪裡呢？

音樂會	X	舉辦	場地	X	哪裡	X	呢	
ko.n.sa.a.to	o	su.ru	ba.sho	wa	do.ko	de.su	ka	
例 コンサート	を	する	場所（ばしょ）	は	どこ	です	か	。
寇.恩.沙.～.偷	歐	酥.魯	拔.休	哇	都.寇	爹.酥	卡	

結婚對象很漂亮。

結婚	對象	X	很漂亮	X	
ke.kko.n.su.ru	a.i.te	wa	ki.re.e	de.su	
例 結婚（けっこん）する	相手（あいて）	は	きれい	です	。
克耶.︿寇.恩.酥.魯	阿.伊.貼	哇	克伊.累.～	爹.酥	

形容詞修飾名詞

形容詞要修飾名詞，就是把名詞直接放在形容詞辭書形後面。請注意，形容詞跟名詞中間不需要加「の [no]」喔！

形容詞詞幹＋い（i）＋名詞

這個是好吃的蘋果。

這個	X	好吃的	蘋果	是	
ko.re	wa	o.i.shi.i	ri.n.go	de.su	
例 これ 寇.累	は 哇	おいしい 歐.伊.西.～	りんご 里.恩.勾	です 爹.酥	。

車站前面有不錯的商店。

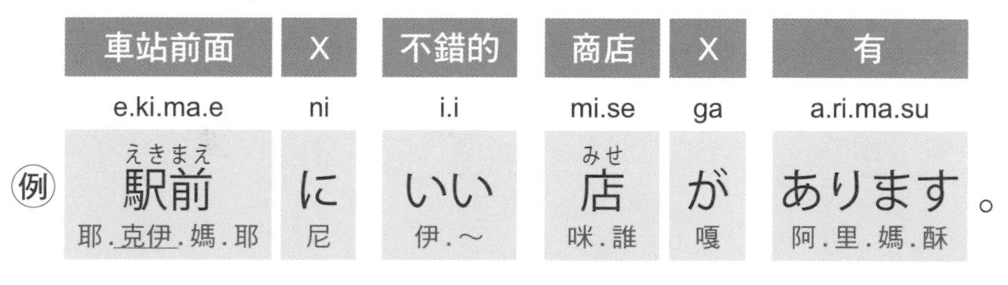

車站前面	X	不錯的	商店	X	有	
e.ki.ma.e	ni	i.i	mi.se	ga	a.ri.ma.su	
例 駅前（えきまえ） 耶.克伊.媽.耶	に 尼	いい 伊.～	店（みせ） 咪.誰	が 嘎	あります 阿.里.媽.酥	。

歌舞伎町是好玩的地方。

歌舞伎町	X	好玩的	地方	是	
ka.bu.ki.cho.o	wa	o.mo.shi.ro.i	to.ko.ro	de.su	
例 歌舞伎町（かぶきちょう） 卡.布.克伊.秋.～	は 哇	おもしろい 歐.某.西.摟.伊	ところ 偷.寇.摟	です 爹.酥	。

形容動詞修飾名詞

形容動詞要後接名詞，得把詞尾「だ[da]」改成「な[na]」，才可以修飾後面的名詞。

基本句型 形容動詞詞幹＋な(na)＋名詞

這是個安靜的房間。

這	X	安靜的	房間	是
ko.ko	wa	shi.zu.ka.na	he.ya	de.su
ここ	は	静(しず)かな	部屋(へや)	です
寇.寇	哇	西.茲.卡.那	黑.呀	爹.酥

例 ここは静かな部屋です。

好好看的衣服喔！

好好看的	衣服	X	喔
su.te.ki.na	fu.ku	de.su	ne
すてきな	服(ふく)	です	ね
酥.貼.克伊.那	夫.枯	爹.酥	內

例 すてきな服ですね。

Practice 練習 句子被打散了，請在（　）內排出正確的順序。

1. 太太買的咖啡很好喝。

おいしかった＝好喝；コーヒー＝咖啡；です＝X；妻(つま)が＝太太；は＝X；買(か)った＝買

→（　　　　　　　　　　　　　　　　　　　）。

2. 這頂白色的帽子很貴。

白(しろ)い＝白色的；この＝這；高(たか)かった＝貴；帽子(ぼうし)＝帽子；は＝X；です＝X

→（　　　　　　　　　　　　　　　　　　　）。

3. 這是中國有名的小說。

小説(しょうせつ)＝小說；有名(ゆうめい)＝有名；は＝X；な＝X；これ＝這；中国(ちゅうごく)の＝中國的；です＝是

→（　　　　　　　　　　　　　　　　　　　）。

4. 要買堅固的雨傘。

を＝X；買(か)います＝買；丈夫(じょうぶ)＝堅固；傘(かさ)＝雨傘；な＝X

→（　　　　　　　　　　　　　　　　　　　）。

Answer 答案

1. 妻(つま)が買(か)ったコーヒーはおいしかったです
2. この白(しろ)い帽子(ぼうし)は高(たか)かったです
3. これは中国(ちゅうごく)の有名(ゆうめい)な小説(しょうせつ)です
4. 丈夫(じょうぶ)な傘(かさ)を買(か)います

STEP 4

希望、願望

人的願望太多了，就算有一萬個達摩不倒翁也許不完呢！表示「我想登上晴空塔」的「我想」該怎麼用日文說呢？這一回讓我們來看如何表達希望、願望。

學習重點

◉ ～たい [ta.i] ＝想…

◉ ～たくない [ta.ku.na.i] ＝不想…

先記住這些單字吧！

CD 69

日文	唸法	中譯
□ 水（みず）	咪．茲 mi.zu	水
□ 飲む（の）	諾．母 no.mu	喝
□ 登る（のぼ）	諾．剝．魯 no.bo.ru	登上
□ インド	伊．恩．都 i.n.do	印度
□ 薬（くすり）	枯．酥．里 ku.su.ri	藥
□ おかし	歐．卡．西 o.ka.shi	糕點
□ 日本（にほん）	尼．后．恩 ni.ho.n	日本

「動詞＋たい」＝想…

用「動詞ます形＋たい [ta.i]」，表示說話人內心希望某一行為能實現，或是強烈的願望。使用他動詞時，常將原本搭配的助詞「を [o]」，改成助詞「が [ga]」。

動詞ます形＋たいです
ta.i.de.su

我想喝水。

我	X	水	X	想喝
wa.ta.shi	wa	mi.zu	ga	no.mi.ta.i.de.su
私（わたし）	は	水（みず）	が	飲（の）みたいです
哇.它.西	哇	咪.茲	嘎	諾.咪.它.伊.爹.酥

例 私は水が飲みたいです。

我想登上晴空塔。

我	X	晴空塔	X	想登上
wa.ta.shi	wa	su.ka.i.tsu.ri.i	ni	no.bo.ri.ta.i.de.su
私（わたし）	は	スカイツリー	に	登（のぼ）りたいです
哇.它.西	哇	酥.卡.伊.豬.里.～	尼	諾.剝.里.它.伊.爹.酥

例 私はスカイツリーに登りたいです。

「動詞＋たくありません／たくないです」＝不想…

表示「不想…」時，要將「たい[ta.i]」的「い[i]」轉變成「く[ku]」，然後再加上「ありません[a.ri.ma.se.n]」或「ないです[na.i.de.su]」。

動詞ます形＋たくありません
ta.ku.a.ri.ma.se.n

動詞ます形＋たくないです
ta.ku.na.i.de.su

我不想去印度。

我	X	印度	X	想去	不
wa.ta.shi	wa	i.n.do	ni	i.ki.ta.ku	na.i.de.su
私（わたし）	は	インド	に	行（い）きたく	ないです。
哇.它.西	哇	伊.恩.都	尼	伊.克伊.它.枯	那.伊.爹.酥

例

我不想吃藥。

我	X	藥	X	想吃	不
wa.ta.shi	wa	ku.su.ri	o	no.mi.ta.ku	a.ri.ma.se.n
私（わたし）	は	薬（くすり）	を	飲（の）みたく	ありません。
哇.它.西	哇	枯.酥.里	歐	諾.咪.它.枯	阿.里.媽.誰.恩

例

Practice 練習 句子被打散了，請在（　）內排出正確的順序。

1. 我想吃點心。

食べたい＝想吃；が＝X；です＝X；おかし＝點心；私は＝我 →（　　　　　　　　）。

2. 我想看雜誌。

です＝X；私は＝我；が＝X；雑誌＝雜誌；読みたい＝想看 →（　　　　　　　　）。

3. 我想去廁所。

トイレ＝廁所；行きたい＝想去；に＝X；私は＝我；です＝X →（　　　　　　　　）。

4. 我想看電影。

私は＝我；見たい＝想看；です＝X；が＝X；映画＝電影 →（　　　　　　　　）。

5. 想聽什麼樣的音樂？

音楽＝音樂；を＝X；ですか＝X；聞きたい＝想聽；どんな＝什麼樣的 →（　　　　　　　　）。

6. 想聽日本的音樂。

日本＝日本；を＝X；聞きたい＝想聽；音楽＝音樂；の＝的；です＝X →（　　　　　　　　）。

Answer 答案

1. 私はおかしが食べたいです。
2. 私は雑誌が読みたいです。
3. 私はトイレに行きたいです。
4. 私は映画が見たいです。
5. どんな音楽を聞きたいですか。
6. 日本の音楽を聞きたいです。

STEP 5

請託的說法

在日本購物或點餐時，最簡單又有禮貌的說法，非這句話莫屬啦！就是「～をください」（請給我…）這個萬用句型了。

學習重點

◉ ～をください [o.ku.da.sa.i] =（給我）…

◉ ～てください [te.ku.da.sa.i] =請（做）…

先記住單字吧！

日文	唸法	中譯
□ 赤い（あか）	阿．卡．伊 a.ka.i	紅色的
□ ばら	拔．拉 ba.ra	玫瑰
□ コーラ	寇．～．拉 ko.o.ra	可樂
□ 名前（なまえ）	那．媽．耶 na.ma.e	名字
□ 書く（か）	卡．枯 ka.ku	書寫
□ テープ	貼．～．撲 te.e.pu	錄音帶
□ 会話（かいわ）	卡．伊．哇 ka.i.wa	會話
□ 写真（しゃしん）	蝦．西．恩 sha.shi.n	照片
□ 撮る（と）	偷．魯 to.ru	拍攝
□ 紅茶（こうちゃ）	寇．～．洽 ko.o.cha	紅茶
□ 牛肉（ぎゅうにく）	克烏．～．尼．枯 gyu.u.ni.ku	牛肉
□ パン	趴．恩 pa.n	麵包

物品＋をください＝給我…

73 CD

表示買東西或點菜等時，想要什麼，跟某人要求某事物，用「～をください[o.ku.da.sa.i]」或「～をおねがいします[o.o.ne.ga.i.shi.ma.su]」，中文翻譯成「我要…」、「給我…」。

名詞＋をください
o.ku.da.sa.i

名詞＋をおねがいします
o.o.ne.ga.i.shi.ma.su

請給我這個。

這個	X	請給我
ko.re	o	ku.da.sa.i
これ 寇.累	を 歐	ください 枯.答.沙.伊

例 これをください。

請給我水。

水	X	請給我
mi.zu	o	o.ne.ga.i.shi.ma.su
水（みず） 咪.茲	を 歐	お願（ねが）いします 歐.內.嘎.伊.西.媽.酥

例 水をお願いします。

～を＋數量＋ください＝給我…個…

跟某人要求某事物，要加上數量用「～を[o]＋數量＋ください[ku.da.sa.i]」或「～を[o]＋數量＋おねがいします[o.ne.ga.i.shi.ma.su]」的形式，外國人在語順上經常會說成「數量＋の[no]＋名詞＋をください[o.ku.da.sa.i]／おねがいします[o.ne.ga.i.shi.ma.su]」，雖然不能說是錯的，但日本人一般不這麼說喔！

名詞＋を（o）＋數量＋ください（ku.da.sa.i）

名詞＋を（o）＋數量＋おねがいします（o.ne.ga.i.shi.ma.su）

請給我 12 支紅玫塊。

紅色的	玫塊	X	12 支	請給我
a.ka.i	ba.ra	o	ju.u.ni.ho.n	ku.da.sa.i
赤（あか）い	ばら	を	１２本（じゅうにほん）	ください
阿.卡.伊	拔.拉	歐	啾.～.尼.后.恩	枯.答.沙.伊

例 赤いばらを１２本ください。

請給我兩杯可樂。

可樂	X	兩杯	請給我
ko.o.ra	o	fu.ta.tsu	o.ne.ga.i.shi.ma.su
コーラ	を	二（ふた）つ	お願（ねが）いします
寇.～.拉	歐	夫.它.豬	歐.內.嘎.伊.西.媽.酥

例 コーラを二つお願いします。

動作＋てください＝請做…

以「動詞て形＋ください [ku.da.sa.i]」的形式，表示請求、指示或命令某人做某事。一般常用在老師對學生、上司對部屬、醫生對病人等指示、命令的時候，中文可以翻譯成「請…」。

請寫名字。

名字	X	寫	請
na.ma.e	o	ka.i.te	ku.da.sa.i
例 名前（なまえ）	を	書（か）いて	ください。
那.媽.耶	歐	卡.伊.貼	枯.答.沙.伊

請聽錄音帶的會話。

錄音帶	的	會話	X	聽	請
te.e.pu	no	ka.i.wa	o	ki.i.te	ku.da.sa.i
例 テープ	の	会話（かいわ）	を	聞（き）いて	ください。
貼.～.撲	諾	卡.伊.哇	歐	克伊.伊.貼	枯.答.沙.伊

～ないでください＝請不要…

用「動詞ない形＋ないでください [na.i.de.ku.da.sa.i]」，表示請求對方不要做某事。

請不要拍照。

照	X	不要拍	請
sha.shi.n	o	to.ra.na.i.de	ku.da.sa.i
例 写真（しゃしん）	を	撮（と）らないで	ください。
蝦.西.恩	歐	偷.拉.那.伊.爹	枯.答.沙.伊

Practice 練習 句子被打散了，請在（　）內排出正確的順序。

1. 請給我蘋果。

を＝X；りんご＝蘋果；ください＝請給我

→（　　　　　　　　　　　　　　　　）。

2. 請給我紅茶。

紅茶（こうちゃ）＝紅茶；お願（ねが）いします＝請給我；を＝X

→（　　　　　　　　　　　　　　　　）。

3. 請給我兩百公克的牛肉。

グラム＝公克；ください＝請給我；を＝X；牛肉（ぎゅうにく）＝牛肉；200（にひゃく）＝兩百→（　　　　　　　　　　　　）。

4. 請給我三個這種麵包。

この＝這種；3個（さんこ）＝三個；パン＝麵包；ください＝請給我；を＝X→（　　　　　　　　　　　　）。

5. 請一年級學生把手舉起來。

手（て）＝手；は＝X；あげて＝舉起來；を＝X；ください＝請；1年生（いちねんせい）＝一年級學生→（　　　　　　　　　　）。

6. 請看這邊。

見（み）て＝看；ください＝請；を＝X；こちら＝這邊

→（　　　　　　　　　　　　　　　　）。

Answer 答案

1. りんごをください。
2. 紅茶（こうちゃ）をお願（ねが）いします。
3. 牛肉（ぎゅうにく）を200（にひゃく）グラムください。
4. このパンを3個（さんこ）ください。
5. 1年生（いちねんせい）は手（て）をあげてください。
6. こちらを見（み）てください。

STEP 6

敬語

日本是個非常重視禮儀的國家，您會說一兩句漂亮的敬語，日本人就會對您刮目相看喔！前面介紹過的「丁寧語」就是敬體之一，這一回我們來看其他的敬語。丁寧語以外，敬語分有：一、用在對方的動作上，透過抬高對方的地位，來跟對方表示尊敬的尊敬語；二、用在自己的動作上，透過降低自己地位，來跟對方表示謙虛的謙讓語。

學習重點
- ◉ 尊敬語
- ◉ 謙讓語

先記住單字吧！

CD 75

日文	唸法	中譯
□ 社長（しゃちょう）	蝦．秋．～ sha.cho.o	社長
□ いらっしゃる	伊．拉．ㄟ蝦．魯 i.ra.ssha.ru	在（尊敬語）
□ くださる	枯．答．沙．魯 ku.da.sa.ru	給予（尊敬語）
□ 亡（な）くなる	那．枯．那．魯 na.ku.na.ru	去世
□ お客様（きゃくさま）	歐．克呀．枯．沙．媽 o.kya.ku.sa.ma	顧客
□ 見（み）える	咪．耶．魯 mi.e.ru	來（尊敬語）
□ 作品（さくひん）	沙．枯．喝伊．恩 sa.ku.hi.n	作品
□ 降（お）りる	歐．里．魯 o.ri.ru	下（車）
□ お宅（たく）	歐．它．枯 o.ta.ku	貴府
□ 伺（うかが）う	烏．卡．嘎．烏 u.ka.ga.u	拜訪（謙讓語）
□ 朝食（ちょうしょく）	秋．～．休．枯 cho.o.sho.ku	早餐
□ いただく	伊．它．答．枯 i.ta.da.ku	吃（謙讓語）
□ 連絡（れんらく）・する	累．恩．拉．枯．酥．魯 re.n.ra.ku.su.ru	聯絡

尊敬語（一）

使用尊敬語特有的動詞是為了表示對對方的尊敬，用在對方的動作或所屬的狀態，來抬高對方的身份。

主詞＋は（wa）／が（ga）＋尊敬語特有的動詞

渡邊社長在嗎？

渡邊	社長	X	在	嗎
wa.ta.na.be	sha.cho.o	wa	i.ra.ssha.i.ma.su	ka
渡辺（わたなべ）	社長（しゃちょう）	は	いらっしゃいます	か
哇.它.那.貝	蝦.秋.～	哇	伊.拉.︿蝦.伊.媽.酥	卡

例 渡辺社長はいらっしゃいますか。

老師給了我書。

老師	X	書	X	給了我
se.n.se.e	ga	ho.n	o	ku.da.sa.i.ma.shi.ta
先生（せんせい）	が	本（ほん）	を	くださいました
誰.恩.誰.～	嘎	后.恩	歐	枯.答.沙.伊.媽.西.它

例 先生が本をくださいました。

補充一下

其他常用尊敬語特有的動詞		
做	說	吃
なさる [na.sa.ru]	おっしゃる [o.ssha.ru]	召（め）し上（あ）がる [me.shi.a.ga.ru]

尊敬語（二）

除了尊敬語特有的動詞，尊敬語還可以用「お [o] ＋動詞連用形＋に [ni] ＋なります [na.ri.ma.su]」。

主詞＋は／が＋お＋動詞連用形＋に＋なります
(wa / ga … ni … na.ri.ma.su)

老師去世了。

老師	X	X	去世	了
se.n.se.e	ga	o	na.ku.na.ri.ni	na.ri.ma.shi.ta
先生（せんせい）	が	お	亡（な）くなりに	なりました。
誰.恩.誰.～	嘎	歐	那.枯.那.里.尼	那.里.媽.西.它

客人來了。

客人	X	X	來	了
o.kya.ku.sa.ma	ga	o	mi.e.ni	na.ri.ma.shi.ta
お客様（きゃくさま）	が	お	見（み）えに	なりました。
歐.克呀.枯.沙.媽	嘎	歐	咪.耶.尼	那.里.媽.西.它

尊敬語（三）

除了前面提到的尊敬語，還有「動詞未然形＋れます [re.ma.su]／られます [ra.re.ma.su]」的形式。

主詞＋は（wa）／が（ga）＋動詞未然形＋れます（re.ma.su）
主詞＋は（wa）／が（ga）＋動詞未然形＋られます（rd.re.ma.su）

中山老師做了這個作品。

中山	老師	X	這個	作品	X	做了
na.ka.ya.ma	se.n.se.e	ga	ko.no	sa.ku.hi.n	o	tsu.ku.ra.re.ma.shi.ta
中山（なかやま）	先生（せんせい）	が	この	作品（さくひん）	を	作（つく）られました
那.卡.呀.媽	誰.恩.誰.~	嘎	寇.諾	沙.枯.喝伊.恩	歐	豬.枯.拉.累.媽.西.它

例：中山先生が この 作品を 作られました。

上村先生要在新宿車站下車。

上村	先生	X	新宿車站	在	下車
u.e.mu.ra	sa.n	wa	shi.n.ju.ku.e.ki	de	o.ri.ra.re.ma.su
上村（うえむら）	さん	は	新宿駅（しんじゅくえき）	で	降（お）りられます
烏.耶.母.拉	沙.恩	哇	西.恩.啾.枯.耶.克伊	爹	歐.里.拉.累.媽.酥

例：上村さんは 新宿駅で 降りられます。

整理一下

五段動詞：將活用詞尾改成あ段，再加上「れます」		
作（つく）る [tsu.ku.ru]	→	作（つく）られます [tsu.ku.ra.re.ma.su]
一段動詞：去掉「る」，再加上「られます」		
降（お）りる [o.ri.ru]	→	降（お）りられます [o.ri.ra.re.ma.su]
不規則動詞「来る」：去掉「る」，再加上「られます」		
来（く）る [ku.ru]	→	来（こ）られます [ko.ra.re.ma.su] ★請注意，「来」會改變發音

謙讓語（一）

使用謙讓語特有的動詞是透過謙卑地說自己的動作或所屬的狀態，來抬高對方的身份，以表示對對方的尊敬。

主詞＋は（wa）／が（ga）＋謙讓語特有的動詞

現在要去拜訪老師家。

現在	老師	的	家	X	要去拜訪
ko.re.ka.ra	se.n.se.e	no	o.ta.ku	ni	u.ka.ga.i.ma.su
これから	先生（せんせい）	の	お宅（たく）	に	伺い（うかが）ます
寇．累．卡．拉	誰．恩．誰．～	諾	歐．它．枯	尼	烏．卡．嘎．伊．媽．酥

例 これから先生のお宅に伺います。

我已經吃過早餐了。

我	X	已經	早餐	X	吃過了
wa.ta.shi	wa	mo.o	cho.o.sho.ku	wa	i.ta.da.ki.ma.shi.ta
私（わたし）	は	もう	朝食（ちょうしょく）	は	いただきました
哇．它．西	哇	某．～	秋．～．休．枯	哇	伊．它．答．克伊．媽．西．它

例 私はもう朝食はいただきました。

補充一下

其他常用謙讓語特有的動詞		
做	來；去	說
いたす [i.ta.su]	参る（まい） [ma.i.ru]	申し上げる（もう・あ） [mo.o.shi.a.ge.ru]

謙讓語（二）

除了謙讓語特有的動詞，謙讓語還可以用「お [o] ＋動詞連用形＋します [shi.ma.su]」或「ご [go] ／お [o] ＋サ行變格動詞詞幹＋します [shi.ma.su]」。

基本句型

主詞＋は／が＋お＋動詞連用形＋します
wa ga o shi.ma.su

主詞＋は／が＋ご／お＋サ行變格動詞詞幹＋します
wa ga go o shi.ma.su

明天跟您聯絡。

明天	X	聯絡	X
a.shi.ta	go	re.n.ra.ku	shi.ma.su
明日（あした）	ご	連絡（れんらく）	します
阿.西.它	勾	累.恩.拉.枯	西.媽.酥

例 明日ご連絡します。

我再打電話給您。

我這邊	從	X	打電話	X
ko.chi.ra	ka.ra	o	de.n.wa	shi.ma.su
こちら	から	お	電話（でんわ）	します
寇.七.拉	卡.拉	歐	爹.恩.哇	西.媽.酥

例 こちらからお電話します。

Practice 練習　請將下列句子畫底線的部份，問題 1 ～ 4 改成尊敬語，問題 5 ～ 7 改成謙讓語。

1. 田中小姐吃了天婦羅。

田中(たなか)さんは天(てん)ぷらを食(た)べました。<用尊敬語特有的動詞>
→（　　　　　　　　　　　　　　　　　　）。

2. 主任已經回去了。

主任(しゅにん)はもう帰(かえ)りました。<用お～になります>
→（　　　　　　　　　　　　　　　　　　）。

3. 小川先生來了。

小川様(おがわさま)が来(き)ました。<用お～になります>
→（　　　　　　　　　　　　　　　　　　）。

4. 老師來了。

先生(せんせい)が来(き)ました。<用～られます>
→（　　　　　　　　　　　　　　　　　　）。

5. 幾天前因為比賽去了大阪。

先日(せんじつ)試合(しあい)で大阪(おおさか)に行(い)きました。<用謙讓語特有的動詞>
→（　　　　　　　　　　　　　　　　　　）。

6. 我替您拿行李。

お荷物(にもつ)を持(も)ちます。<用お～します>
→（　　　　　　　　　　　　　　　　　　）。

7. 工作人員為您引導。

係員(かかりいん)が案内(あんない)します。<用ご～します>
→（　　　　　　　　　　　　　　　　　　）。

Answer 答案

1. 召(め)し上(あ)がりました
2. お帰(かえ)りになりました
3. お越(こ)しになりました／お見(み)えになりました／おいでになりました
4. 来(こ)られました
5. 参(まい)りました
6. お持(も)ちします
7. ご案内(あんない)します

日文法入門 中文就行啦

【日語很溜 12】
2014 年 12 月 初版

發行人 ● 林德勝

作者 ● 上原小百合、吳冠儀

出版發行 ● 山田社文化事業有限公司

106台北市大安區安和路一段112巷17號7樓

Tel：02-2755-7622

Fax：02-2700-1887

郵政劃撥 ● 19867160號　大原文化事業有限公司

總經銷 ● 聯合發行股份有限公司

新北市新店區寶橋路235巷6弄6號2樓

Tel：02-2917-8022

Fax：02-2915-6275

印刷 ● 上鎰數位科技印刷有限公司

法律顧問 ● 林長振法律事務所　林長振律師

ISBN ● 978-986-246-408-3

定價 ● 新台幣299元

STS

山田社